Learn Esperanto with Dark Mystery Stories

Esperanto A2 Reader

Brian Smith

Spionado en Parizo

La Mistera Komenco

En la koro de Parizo, sub la briletantaj lumoj de la urbo, irana spiono alvenis kun misio envolvita en mistero. Li, nomata Arash, serĉis francajn nukleajn sekretojn, armilojn kapablajn ŝanĝi la mondon. Por eviti detekton, li lerte sin kaŝvestis, foje kiel turisto, alifoje kiel loka komercisto.

Unu vesperon, en malgranda, izola kafejo nomata "La Ombra Angulo", Arash renkontiĝis kun alia spiono, Farid. Ili sidiĝis en la plej fora angulo, kun siaj vizaĝoj duonkaŝitaj sub la krepuska lumo.

"Ĉu vi havas la informojn?" Arash flustre demandis, ĉirkaŭrigardante por certiĝi, ke neniu aŭskultas.

"Jes," respondis Farid, eltirante malgrandan USB-memoron. "Ĉi tio enhavas ĉion, kion ni bezonas por la sekva paŝo."

Dum ili parolis, ili uzis ĉifritan lingvon por eviti komprenon de eventualaj spionantaj oreloj. "La aglo alvenis en la neston," signifis ke la spiono sukcese infiltris la nuklean instalaĵon.

Dume, en malproksima oficejo de la franca polico, mistera spuro estis trovita — malgranda noto kun kodoj, kiujn neniu povis kompreni. Ĝi estis la unua fadeno en kompleksa reto de intrigo kaj sekretoj. La enketo komenciĝis tre diskrete, kun nur kelkaj oficiroj konsciaj pri la vera amplekso de la minaco.

Arash kaj Farid planis ŝteli gravajn dokumentojn dum sia sekreta renkontiĝo. Ili ricevis subtenon de enigma grupo, kiu revis pri establi kalifaton en Francio. Tiu grupo organizis sekretajn noktaj kunvenojn, diskutante siajn planojn sub la kovro de mallumo.

"Ni devas esti atentaj," avertis Farid. "La polico eble ankoraŭ ne scias pri ni, sed tio povus rapide ŝanĝiĝi."

Arash kapjesis, lia menso jam planante la sekvan paŝon. "Ni uzos niajn plej sofistikajn aparatojn por ĉi tiu misio. Neniu povos haltigi nin."

Sed dum la spionoj pluiris kun siaj ombraj planoj, la polico jam komencis kunmeti la pecojn de la puzlo. La mistera spuro kondukis ilin unu paŝon pli proksimen al la malkovro de la vero.

La rakonto de Arash kaj la sekreta batalo inter la spionoj kaj la franca polico estis nur komenco. Ĉiu agado, ĉiu decido, alportis ilin pli proksimen al neantaŭvidebla fino. Kaj dum la nokto profundiĝis, Parizo restis nescia pri la danĝeroj, kiuj sin kaŝis en ĝiaj ombroj.

1. armiloj - weapons
2. detekto - detection
3. deguisiloj - disguises
4. flustre - whisperingly
5. informojn - information
6. kodigitan - encoded
7. komercisto - merchant
8. malgranda - small
9. mistero - mystery
10. nukleajn - nuclear
11. sekreta - secret
12. spiono - spy
13. ŝteli - to steal
14. urbajn - urban

Kolektado de Sekretoj

En la malfrua nokto, sub la steloj de Parizo, irana spiono nomata Arash prepariĝis por unu el siaj plej aŭdacaj taskoj: infiltri nuklean laboratorion. Li zorgeme vestis sin kiel sciencisto, kun blanka laboratoria mantelo kaj falsaj identigiloj. Lia misio estis klara: kopii sekretajn dosierojn, kiuj povus riveli la plej protektatajn nukleajn sekretojn de Francio.

Arash paŝis tra la mallumaj koridoroj de la laboratorio, liaj paŝoj preskaŭ senbruis sur la polurita planko. Li atingis la ĉefan komputilsistemon kaj komencis la delikatan procezon de kopiado de la dosieroj.

Subite, lumo ekbrilis. "Kiu estas tie?" vokis gardisto, surprizita trovi iun ĉe la komputiloj tiom malfrue. Sed Arash jam estis preta. Li rapide finis la kopiadon kaj elkuris, lasante la gardiston kun nur la eĥo de liaj paŝoj.

Sekure ekstere, Arash spiris profunde. Li sukcese eskapis kun la dosieroj kaj tuj sendis ilin al siaj kontaktoj en Irano. La sekreta grupo, kiu subtenis lin, festis la sukceson. Ili jam planis sian sekvan movon, sentante sin unu paŝon pli proksimaj al sia fina celo.

Tamen, la sekvan tagon, la franca polico malkovris la sekurecan breĉon en la laboratorio. Ili tuj komencis enketon, demandante la laboratoriulojn kaj serĉante ajnajn spurojn de la spiono.

"Mi vidis lin," diris unu atestanto, priskribante Arash al la polico. "Li aspektis kiel unu el niaj sciencistoj, sed io estis suspektinda."

Surbaze de tiu priskribo, la polico kreis robotan portreton de la suspektato kaj ekintense monitoris ĉiujn suspektindajn komunikadojn. Ili sciis, ke la spionoj nun estos pli singardaj, sed ankaŭ ke la sekureco de Parizo dependis de ilia kapablo kapti ilin.

Dum la tensio en la urbo altiĝis, Arash kaj lia sekreta grupo fariĝis pli atentaj, konsciaj pri la kreskanta risko. Ili sciis, ke la okuloj de la polico nun estas fiksitaj sur ili, serĉante ajnan signon de ilia sekva movo.

La ĉapitro fermiĝas en Parizo, urbo plena de sekretoj kaj ombroj, kun la destinoj de ĉiuj — spionoj, polico, kaj senkulpaj civitanoj — nun pli interplektitaj ol iam ajn. La serĉado por sekureco kaj vero daŭras, dum la urbo atendas vidi, kiu faros la sekvan movon en ĉi tiu danĝera ludo de kaŝado kaj serĉado.

1. atestanto – witness
2. aŭdacaĵoj - daring acts
3. dosieroj - files
4. ekbrilis - flashed
5. enketon - investigation
6. eskapis - escaped

7. identigiloj - identifiers
8. infiltri - to infiltrate
9. kompromiso - compromise
10. kopiadon - copying
11. laboratoria mantelo - lab coat
12. polurita - polished
13. robotan portreton - composite sketch
14. sekretaj - secret
15. suspekta - suspicious

La Esplorado de la Polico

Post la malkovro de la sekureca breĉo en la nuklea laboratorio, la franca polico intensigis sian enketon. La trovo de mistera noto kun kodaj mesaĝoj proksimigis ilin al la identigo de la suspektato.

"Ni devas analizi ĉi tiun kodon," diris Ĉefkomisaro Dubois al sia teamo. "Ĝi povus konduki nin rekte al la spiono."

Post multaj horoj de laboro, la teamo sukcesis deĉifri parton de la mesaĝo kaj identigis eblan suspektaton: iranan spionon nomatan Arash. Tuj, ili komencis diskretan sekvadon, esperante spuri lin al iu ajn renkontiĝo kun aliaj membroj de la sekreta grupo.

Dum la sekva semajno, la polico malkovris la kafejon, kie la spionoj ofte kunvenis. "La Ombra Angulo" fariĝis la centro de ilia atento.

"Ni bezonas iun interne," diris Dubois. Tial, ili decidis infiltri sekretan agenton, Jean-Luc, en la grupon. Li estis trejnita por espliri kaj adaptiĝi, perfekta por la tasko.

Jean-Luc komencis regule viziti la kafejon, iom post iom gajnante la fidon de la spionoj per sia kovrilo kiel eksterlanda komercisto. Post kelkaj semajnoj, li sukcesis infiltrigi ilian cirklon kaj eksciis pri iliaj planoj por estonta operacio.

"Ni preparas ion grandan," konfidis unu el la spionoj al Jean-Luc. "Sed detaloj estas rezervitaj nur por la plej fidindaj."

Kun tiuj informoj, la polico komencis prepari sin por operacio celanta trovi kaj neŭtraligi la kaŝejon de la sekreta grupo. Post zorgema kolektado de informoj de Jean-Luc, ili lokalizis la kaŝejon en malnova industria kvartalo.

Unu nokton, kun ĉio preta, Jean-Luc sendis la signalon. La polico, ekipita kaj preta, lanĉis atakon kontraŭ la kaŝejo. La operacio estis rapida kaj efika; pluraj membroj de la grupo estis arestitaj.

Tamen, en la kaoso, Arash, la ĉefa spiono, sukcesis eskapi. Malgraŭ la parta sukceso de la operacio, la polico sciis, ke la vera defio ĵus komenciĝis: kapti Arash antaŭ ol li povus kaŭzi plian damaĝon.

"Dum ni fermis unu pordon, alia ankoraŭ restas malferma," meditis Dubois, rigardante en la nokton. "La ĉaso daŭras."

La ĉapitro finiĝas kun la polico reviziante siajn strategiojn kaj prepariĝante por la sekva fazo de la enketo, konsciaj, ke la minaco ankoraŭ ne estas plene neŭtraligita kaj ke ilia laboro por protekti Parizon estas neniam finita.

1. arestitaj - arrested
2. deĉifri - to decrypt
3. diskretan - discreet
4. eksterlanda - foreign
5. ekipita - equipped
6. esploradon - investigation
7. infiltri - to infiltrate
8. industria kvartalo - industrial district
9. kaŝejon - hideout
10. kodaj mesaĝoj - coded messages
11. kovrita identeco - undercover identity
12. neŭtraligi - to neutralize
13. renkontiĝo - meeting
14. strategiojn - strategies
15. survejladon - surveillance

La Ĉasado Daŭras

Post la sukcesa atako de la polico kontraŭ la kaŝejo, la ĉefspiono Arash sciis, ke li nun estas la ĉefa celo de intensa serĉado. Kun sia lerta kapablo en kamuflado, li rapide ŝanĝis sian aspekton, esperante eviti la atentajn okulojn de la leĝo dum li provis eskapi el Parizo.

La polico, sub la gvidado de Ĉefkomisaro Dubois, ne perdis tempon. Ili tuj lanĉis vastan homĉasadon, blokante ĉiujn eblajn elirejojn de la urbo. "Ni ne lasos lin eskapi," deklaris Dubois, dum li ordonis siajn oficirojn strikte kontroli trajnstaciojn, flughavenojn, kaj vojajn barierojn.

Samtempe, la civitanoj de Parizo estis alarmitaj per novaĵoj kaj sociaj amaskomunikiloj, instigante ilin resti viglaj kaj raporti iujn ajn suspektindajn agadojn. Arash, nun kaptita en angulo, serĉis rifuĝon en malnova, forlasita konstruaĵo ĉe la rando de la urbo.

La decida turno venis kiam la polico ricevis anoniman informon pri lia kaŝejo. Senprokraste, ili ĉirkaŭis la konstruaĵon, pretaj fini la ĉasadon. "Ĉi tio finiĝas nun," diris Dubois, sentante la streĉon de la momento.

Arash, trovante sin enkaptiligita, decidis fari unu lastan provon eskapi. Li uzis ĉiun trukon en sia libro, sed la polico estis tro bone preparita. Post mallonga, sed intensa konfrontiĝo, Arash estis finfine kaptita.

Kun la ĉefspiono en kaptiteco, la sekretaj dosieroj, kiujn li ŝtelis, estis rapide reakiritaj. Dum la esplordemandado, Arash malkaŝis valorajn informojn pri la reto kaj operacioj de la sekreta grupo, kio kondukis al la fina malfunkciigo de la organizo.

"Viaj agadoj finiĝis," diris Dubois al Arash, dum li rigardis lin tra la enketotablo. "Vi endanĝerigis la sekurecon de nia lando, sed nun, dank' al viaj informoj, ni povos certigi, ke via grupo ne plu prezentos minacon."

La sukceso de la polico en malmuntado de la sekreta grupo kaj la kaptado de Arash alportis senton de trankvilo kaj sekureco reen al la stratoj de Parizo. Kvankam la minaco de spionado kaj terorismo neniam tute malaperas, la urbo povis por momento spiri pli facile, sciante, ke unu el ĝiaj plej grandaj minacoj estis neŭtraligita.

La ĉapitro finiĝas kun noto de espero kaj trankvilo, kun la popolo de Parizo dankema al la senlaca laboro de siaj protektantoj. Tamen, ĉiu en la polico scias, ke la lukto kontraŭ krimo kaj terorismo estas senfina batalo, sed por nun, ili povas festi sian venkon.

1. agadoj - actions
2. alarmigitaj - alarmed
3. amaskomunikiloj - mass media
4. anoniman - anonymous
5. atentajn - attentive
6. blokante - blocking
7. ĉasadon - hunt
8. ĉirkaŭis - surrounded
9. demantelado - dismantling
10. enketoj-tablo - interrogation table
11. eskapi - to escape
12. homĉasadon - manhunt
13. kamuflado - camouflage
14. konfrontiĝo - confrontation
15. kaptiteco - captivity

La Fina Solvo

En la koro de Parizo, sub la severaj okuloj de la leĝo, la ĉefspiono Arash staris antaŭ la juĝisto, atendante sian sorton. La aŭlo de la tribunalo estis plena de silentaj atestantoj, ĉiuj okuloj fiksitaj sur la viro, kiu estis kaptita post longa kaj malfacila ĉasado.

"Vi estas kondamnita al multaj jaroj en prizono," deklaris la juĝisto, "pro viaj krimoj kontraŭ la Franca Respubliko."

Arash, nun en la manoj de justeco, montris nenian emocion. Li sciis, ke lia agado finiĝis. Ekstere, la novaĵo rapide disvastiĝis, kaj la policistoj estis laŭditaj pro sia kuraĝa laboro en protektado de la lando kaj ĝiaj sekretoj.

La nukleaj dokumentoj, kiujn Arash provis ŝteli, estis sekurigitaj, certigante, ke neniu damaĝo povus esti farita per ilia misuzo. La sekreta grupo, kiu subtenis lin, nun estis plene malkonstruita, kaj la civitanoj de Parizo finfine povis spiri pli facile.

"Ni povas nun dormi pli trankvile," diris Marie, loka loĝantino, dum ŝi legis la lastajn novaĵojn. "Sed ni devas resti atentaj. La minaco de spionado neniam vere malaperas."

La polico, kun renovigita energio, plifortigis siajn sekurecajn mezurojn kaj restis vigla kontraŭ ĉiuj formoj de suspektindaj agadoj. La rilatoj inter Francio kaj Irano iĝis pli streĉitaj, sed la fokuso restis sur la protektado de la civitanoj kaj la sekureco de la lando.

Serĉoj por aliaj sekretaj grupoj daŭris, kun la kompreno, ke internacia kunlaboro estas ŝlosilo por antaŭenigi pacon kaj sekurecon. La polico, nun pli ol iam ajn, scias, ke la batalo kontraŭ spionado estas konstanta laboro, kun Parizo restanta potenciala celo por malamikaj intencoj.

"La laboro neniam vere finiĝas," diris Ĉefkomisaro Dubois, rigardante la urbon, kiun li promesis protekti. "Sed ni estas pretaj alfronti ĉiun defion, por nia lando, por nia libereco."

La ĉapitro kaj la rakonto finiĝas per noto de espero kaj determino, kun la herooj de nia tempo, la nevideblaj gardistoj de la nokto, kiuj ĉiam estas pretaj defendi la valorojn kaj sekurecon de sia amata urbo. La batalo kontraŭ spionado eble neniam ĉesos, sed la spirito kaj kuraĝo de tiuj, kiuj nin defendas, restas neŝanceleblaj.

1. atendante - waiting
2. atestantoj - witnesses
3. ĉasado - hunt
4. deklaris - declared
5. enmanigita - handed over

6. internacia - international
7. juĝisto - judge
8. krimoj - crimes
9. laŭditaj - praised
10. malkonstruita - dismantled
11. nukleaj dokumentoj - nuclear documents
12. prizono - prison
13. sekurecajn mezurojn - security measures
14. suspektindaj agadoj - suspicious activities
15. tribunalo - court

La Foriro de la Veron

La Foriro

En la jaro 1134, juna templiero nomata Pierre forlasis Francion kun granda espero en sia koro. Li estis survoje al Jerusalemo, plena de kuraĝo kaj scivolemo. Pierre aliĝis al la templieroj, nobla kaj brava grupo de kavaliroj dediĉitaj al la protektado de pilgrimantoj en la Sankta Lando.

"Jerusalemo estos tute malsama ol io ajn, kion vi iam spertis," diris lia mentoro antaŭ ol li foriris. Pierre kapjesis, lia menso jam en la estonteco, revante pri la aventuroj, kiuj atendis lin.

Post longa kaj malfacila vojaĝo, Pierre finfine alvenis en Jerusalemo. Li tuj estis sorĉita de la urbo, ĝiaj historiaj muroj, kaj la diversaj homoj, kiuj promenis sur ĝiaj stratoj. La vivo tie estis vere alia, kun novaj kutimoj kaj tradicioj, kiujn li devis rapide lerni.

Kiel templiero, Pierre dediĉis sin al trejnado en la arto de batalo kaj al la spiritaj praktikoj, kiuj estis centraj por la ordo. "Via glavo kaj via fido estas viaj plej grandaj armiloj," instruis lin alia templiero dum ili praktikis en la korto.

Pierre pasigis horojn preĝante kun la aliaj templieroj, serĉante spiritan gvidadon kaj forton. Liaj promenadoj tra la sankta urbo kondukis lin al lokoj de profunda religia signifo, kie li sentis la pezon de historio kaj devo.

Dum lia tempo en Jerusalemo, Pierre amikiĝis kun kelkaj el la aliaj templieroj, kies fido kaj kuraĝo inspiris lin. Ili dividis rakontojn pri la historio de la templieroj, kaj Pierre estis profunde impresita de ilia dediĉo kaj ofero.

"Ni estas ĉi tie por servi," diris unu el la pli spertaj templieroj, dum ili rigardis la sunsubiron super la muroj de Jerusalemo. "Por protekti tiujn, kiuj serĉas pacon en ĉi tiu sankta loko."

Pierre sentis sin humiligita kaj honorita esti parto de tia nobla kaŭzo. Li sciis, ke la vojo antaŭ li estus plena de defioj, sed li estis preta alfronti ilin kun kuraĝo kaj fido. La juna templiero staris ĉe la sojlo de granda aventuro, preta servi kaj protekti, gvidata de siaj principoj kaj la spirito de la templieroj.

1. aliĝis - joined
2. aventuroj - adventures
3. batalo - battle
4. defioj - challenges
5. dediĉitaj - dedicated
6. fido - faith
7. forlasis - left
8. gvidadon - guidance
9. historio - history
10. humiligita - humbled
11. kavaliroj - knights
12. kutimoj - customs
13. pilgrimantoj - pilgrims
14. protektado - protection
15. scivolemo - curiosity

La Nova Vivo

Pierre rapide alkutimiĝis al la vivo de templiero en Jerusalemo. Ĉiu tago, li sekvis striktan horaron, kiu komenciĝis per matena preĝo antaŭ la sunleviĝo kaj finiĝis per vespera meditado post longa tago de laboro kaj trejnado.

"La disciplino estas malfacila, sed ĝi fortigas vin, korpe kaj spirite," diris lia mentoro, dum ili marŝis al la Templo por komenci sian gardan servon.

Dum li staris garde, Pierre ofte renkontis pilgrimantojn el ĉiuj anguloj de la kristana mondo. Li helpis ilin kiel eble plej bone, gvidante ilin tra la urbo aŭ donante konsilojn pri kiel resti sekuraj.

"Eĉ en malfacilaj tempoj, trovi ĝojon en helpado de aliaj estas vera beno," Pierre konfesis al amiko, dum ili prepariĝis por nokta gardado.

Por plibonigi sian komunikadon kun la lokaj loĝantoj kaj pilgrimantoj, Pierre decidis lerni la araban. Ĝi estis malfacila tasko, sed li estis diligenta, pasigante horojn kun libroj kaj praktikante kun iu ajn, kiu volis helpi.

"Via araba jam pliboniĝas," ridetis unu el la lokaj vendistoj, kun kiu Pierre ofte parolis.

Krom lingvoj, Pierre ankaŭ profundigis sian komprenon pri sia kredo, legante librojn kaj diskutante kun monaĥoj, kiujn li renkontis en la urbo. Ĉi tiuj interagoj nur plifortigis lian kredon kaj komprenon pri la templiera misio.

Pierre ankaŭ dediĉis sin al fizika trejnado, precipe al la uzo de la glavo. Lia forto kaj lerteco kreskis kun ĉiu tago, kio igis lin fiera membro de la templiera ordo.

Unu el la plej gravaj kontribuoj de Pierre estis helpi en la konstruado kaj plifortigo de urboj kaj fortikaĵoj. Li laboris flanko ĉe flanko kun aliaj templieroj, lernante pri milita strategio kaj defendo.

"Esti templiero ne nur temas pri batalado; ĝi ankaŭ temas pri protektado kaj konstruado," diris Pierre, dum li rigardis la fortikaĵojn, kiujn ili konstruis.

La fiero esti parto de la templiera ordo estis io, kion Pierre sentis profunde en sia koro. Li sciis, ke la vojo antaŭ li ne estos facila, sed li ankaŭ sciis, ke li estas ĝuste tie, kie li devas esti, servante noblan celon kaj protektante tiujn, kiuj serĉas pacon en la Sankta Lando.

1. alkutimiĝis - became accustomed
2. anguloj - corners
3. araba - Arabic
4. batalado - fighting
5. defendo - defense
6. diligenta - diligent
7. disciplino - discipline
8. fortikaĵoj - fortifications
9. gardado - guarding
10. konsilojn - advice
11. lerteco - skill
12. meditado - meditation
13. monaĥoj - monks
14. pilgrimantojn - pilgrims

15. trejnado - training

La Sekreta Pasejo

Dum unu el siaj multaj esploradoj tra la labirintaj stratoj de Jerusalemo, Pierre aŭdis flustrojn pri sekreta pasejo kaŝita sub malnova konstruaĵo. Lia scivolemo tuj ekflamis. "Sekreta pasejo ĉi tie en la urbo? Tio devas esti esplorita," li pensis, decidante malkovri la veron malantaŭ la rakontoj.

Li sekvis la indikojn donitajn de lokaj vendistoj kaj trovis sin antaŭ malnova, ŝajne forlasita konstruaĵo. Post iom da serĉado, li malkovris kaŝitan enirejon, aperturon sufiĉe grandan por rampi tra ĝi.

Kun torĉo en la mano, Pierre eniris la malluman, mallarĝan koridoron. La aero estis malvarma kaj stagna, kvazaŭ ĝi ne estis spirita dum jarcentoj. Li paŝis antaŭen, lia koro batante kun miksita ekscito kaj timo.

Dum li pliprofundigis, strangaj sonoj plenigis la aeron—gutoj de akvo, la kraketado de liaj paŝoj sur malnovaj ŝtonoj, kaj aliaj, malpli klaraj sonoj, kiuj ŝajnis veni de la muroj mem.

Subite, li rimarkis gravuraĵojn en la ŝtono. "Ĉi tiuj aspektas tre malnovaj," li flustris al si, rigardante ilin pli atente per la lumo de sia torĉo. La simboloj kaj signoj estis tute nekonataj al li, sugestante, ke li eble malkovris parton de la urbo, kiu estis perdita en tempo.

Finfine, Pierre atingis ĉambron kaŝitan malantaŭ densa tavolo de polvo kaj ombroj. Sur tablo en la centro de la ĉambro, li trovis faskon da dokumentoj, kiuj aspektis kvazaŭ ili kuŝis tie dum jarcentoj. Iliaj paĝoj estis delikataj kaj eluzitaj, sed klare konservitaj de la mallumo kaj malvarmo de la pasejo.

Pierre estis tute kaptita de sia trovo. "Kio povus esti tiel grava, ke ĝi estis kaŝita tiel profunde sub la urbo?" li demandis sin, sentante la pezon de historio en siaj manoj. La dokumentoj estis skribitaj en la latina, defiante lin uzi ĉiujn siajn sciojn akiritajn dum lia tempo kun la templieroj por deĉifri ilin.

Ĉiu paĝo, kiun li turnis, nur pliigis lian miron kaj intereson. "Ĉi tiu malkovro povus ŝanĝi ĉion," li pensis, premegante la dokumentojn kontraŭ sia brusto. Kun nova decido, Pierre konvinkiĝis, ke li devas protekti sian trovaĵon je ĉiu kosto, ĝis li povus kompreni ĝian plenan signifon kaj konsekvencojn.

Li eliris el la pasejo kun la dokumentoj sekure kaŝitaj, konscia, ke lia vivo kaj lia misio kiel templiero ĵus fariĝis multe pli komplika. Sed, sentante ankaŭ profundan sencon de celo, Pierre prepariĝis por la venontaj defioj, determinita malkovri la veron kaŝitan en la malhelaj anguloj de la pasinteco.

1. aero - air
2. deĉifri - to decipher
3. defioj - challenges
4. dokumentoj - documents
5. ekbrulis - ignited
6. enirejon - entrance
7. esploradoj - explorations
8. gravuritajn - engraved
9. indikojn - directions
10. inskribojn - inscriptions
11. kaŝita - hidden
12. koridoron - corridor
13. malfermaĵon - opening
14. pasejo - passage
15. rampi - to crawl

La Mistero de la Dokumentoj

Post reveno el la sekreta pasejo, Pierre sidiĝis en la trankvileco de sia ĉambro, la malnovaj dokumentoj dismetitaj antaŭ li. Li ekzamenis ilin unu post la alia, ĉiu paĝo plenigante lin per pli da miro kaj konfuzo. La dokumentoj, skribitaj en klara latina lingvo, detaligis rakontojn kaj asertojn pri Jesuo Kristo, kiuj estis tute kontraŭaj al ĉio, kion Pierre iam lernis.

"Ĉi tio ne povas esti vera," Pierre murmuris al si, liaj manoj tremante pro la ŝoko de la asertoj. Laŭ la dokumentoj, Jesuo Kristo estis kreita figuro, inventita por rolo en dramo, ne la fondinto de la kristana kredo.

Konsternita kaj nekredema, Pierre pasigis horojn pensante pri la implikaĵoj de sia malkovro. "Kion mi faru kun ĉi tiu scio?" li demandis al si, konscia pri la ebla danĝero, kiun ĉi tiuj dokumentoj povus prezenti.

Decidinte, ke li bezonas konsilon, Pierre serĉis unu el siaj plej fidindaj amikoj inter la templieroj, Johanon. "Mi devas montri al vi ion," Pierre diris, gvidante Johanon al sia ĉambro.

La reago de Johano estis tuj de pura surprizo. "Ĉu ĉi tio povas esti vera?" li demandis, lia voĉo plena de dubo kaj mirego.

Ili pasigis horojn diskutante la dokumentojn, pezante la eblajn konsekvencojn de ilia malkovro. "Ĉu ni devas malkaŝi ĉi tiun veron? Aŭ ĉu tio kaŭzos nur konfuzon kaj malordon?" Johano demandis.

Pierre sentis pezan ŝarĝon sur siaj ŝultroj. "Ni devas esti singardaj," li finfine diris. "Por nun, ni devas gardi ĉi tiun sekreton. La mondo eble ne estas preta por tia malkovro."

Kun komuna kompreno de la graveco kaj danĝero de sia situacio, Pierre kaj Johano decidis kaŝi la dokumentojn. Ili elektis sekuran lokon, kie neniu povus trovi ilin, ĝis ili povus decidi la plej bonan manieron agi.

"Dankon, Johano. Mi bezonis iun, al kiu mi povas fidi en ĉi tiu momento," Pierre diris, premante la manon de sia amiko.

"Ni estas fratoj, Pierre. Ni travivis tro multe por turni la dorson nun," Johano respondis, lia voĉo plena de determino.

Pierre kuŝiĝis tiun nokton kun pezaj pensoj. La sekreto de la dokumentoj nun pezis sur lia konscienco, sed li sciis, ke li agis saĝe. La vero de la dokumentoj kaj iliaj sekvoj restis enigmo, sed por nun, Pierre decidis, ke la plej saĝa elekto estis atendi kaj observi. La sekreto de la dokumentoj restus inter li kaj Johano, ĝis ili povus trovi sekuran manieron malkaŝi la veron.

1. asertojn - claims
2. ĉambro - room
3. disvastigitaj - spread out
4. dokumentoj - documents
5. enigmo - mystery
6. ekzamenis - examined
7. implicoj - implications
8. konfuzo - confusion
9. konsternita - dismayed
10. latina lingvo - Latin language
11. malkovro - discovery
12. miro - wonder
13. nekredema - incredulous
14. sekreta pasejo - secret passage
15. tremantaj - trembling

La Sekretaj Agentoj

La novaĵo pri la alveno de sekretaj agentoj de la Papo en Jerusalemo rapide disvastiĝis inter la templieroj, kaj baldaŭ atingis la orelojn de Pierre. Oni diris, ke ilia misio estis trovi kaj detrui ajnajn dokumentojn, kiuj povus minaci la fundamentajn kredojn de la kristana eklezio.

Pierre sentis, kvazaŭ la pezo de la mondo kuŝus sur liaj ŝultroj. "Ili serĉas la dokumentojn, kiujn mi malkovris," li pensis, dum lia koro ekbatis pli rapide pro timo kaj zorgo.

Dum li marŝis tra la stratoj de Jerusalemo, Pierre rimarkis, ke la agentoj zorge esploris la templierojn, demandante detalemajn demandojn kaj serĉante ajnan signon de la kaŝitaj dokumentoj. "Ili estas tre determinitaj," li aŭdis de unu el siaj fratoj.

Pierre decidis agi singarde. Li translokigis la dokumentojn al ankoraŭ pli sekura loko, kaŝejo konata nur al li kaj kelkaj fidindaj aliancanoj. "Neniu devas ekscii pri ĉi tio," li diris al si, zorge kontrolante ĉiujn eblajn enirejojn kaj elirejojn de la kaŝejo.

Por eviti levi suspekton, Pierre zorge evitis paroli kun nekonataj personoj kaj eĉ limigis sian interagadon kun aliaj templieroj. Li sciis, ke la sekreto, kiun li portis, estis tro danĝera por riski malkovron.

La agentoj intensigis sian esploradon, uzante lokajn spionojn kaj informantojn por kolekti informojn pri la templieroj kaj iliaj agadoj. Pierre sentis iliajn rigardojn sur si, kvazaŭ ili suspektus, ke li kaŝas ion.

Malgraŭ la konstanta minaco, Pierre restis firme devigita al sia misio protekti la dokumentojn je ĉiu kosto. "Mi devas resti forta," li diris al Johano, dum ili diskutis siajn strategiojn en la ombroj de la nokto.

"Ili eble havas siajn spionojn, sed ni havas nian fidon kaj nian inteligentecon," respondis Johano, metante manon sur la ŝultron de Pierre en signo de subteno.

Pierre pasigis multajn noktojn sendorme, ĉiam atente al la plej malgranda susuro aŭ nekutima movo en la urbo. Lia prudento kaj decido resti unu paŝon antaŭ la agentoj finfine pagis, ĉar li sukcese evitis iliajn kaptilojn kaj konservis la dokumentojn sekurajn.

Kiam la agentoj finfine forlasis Jerusalemon, malsukcesinte en sia klopodo trovi la dokumentojn, Pierre kaj liaj aliancanoj povis spiri iom pli facile. Tamen, la minaco ne estis tute forigita; Pierre sciis, ke li devos resti ĉiam vigla, gardante la sekreton, kiu povus ŝanĝi la mondon.

1. agentoj - agents
2. aliancanoj - allies
3. determinitaj - determined
4. disvastiĝis - spread
5. dokumentojn - documents
6. eklezio - church
7. engaĝita - committed
8. enirejojn - entrances
9. esploris - investigated
10. kaŝejo - hiding place

11. kredojn - beliefs
12. minaci - to threaten
13. relokigis - relocated
14. suspekton - suspicion
15. viglecon - vigilance

Interbatalo Ĉe la Templieroj

Kun la sekretoj malkovritaj sub la stratoj de Jerusalemo nun pezantaj sur la konscienco de Pierre, internaj tensioj komencis boli inter la templieroj. La ekzisto de la dokumentoj kreis fendeton en la iam kohera frataro, kie iuj membroj argumentis, ke la vero devas esti malkaŝita al la mondo, dum aliaj timis la eblajn konsekvencojn de tiaj agoj.

Pierre trovis sin en la koro de ĉi tiu debato, sia fido kaj principoj metitaj al la provo. "Ni ne povas simple ignori la gravecon de ĉi tiuj dokumentoj," Pierre esprimis dum renkontiĝo kun aliaj templieroj. "Sed samtempe, ni devas konsideri la efikon, kiun ilia malkaŝo povus havi sur la fido de milionoj."

La diskutoj rapide intensiĝis, voĉoj leviĝis kaj akuzoj flugis, kiam kelkaj templieroj komencis malfidi Pierre, suspektante, ke lia deziro konservi la dokumentojn kaŝitaj estis movita de personaj motivoj. "Kiel ni povas fidi vin, Pierre? Kio se vi nur volas konservi ĉi tiujn sekretojn por via propra avantaĝo?" unu el la templieroj defie demandis.

Pierre, kvankam vundita de la akuzoj, firme defendis sian pozicion. "Mia sola intereso estas protekti nian ordon kaj la fidon, kiun ni ĉiuj dividas," li respondis, lia voĉo plena de sincereco. "La vera demando estas, ĉu nia fido estas bazita sur vero aŭ simple blinda obeemo."

La disigo inter la templieroj pliprofundiĝis, kun iuj sentante, ke la malkaŝo de la dokumentoj povus efektive fortigi ilian mision, dum aliaj timis, ke ĝi nur kondukus al malkonfido kaj konfuzo.

Meze de ĉi tiu tumulto, Pierre komencis serĉi aliancanojn, tiujn, kiuj komprenis la neceson agi kun zorgo kaj saĝo. Li sukcese kunvenigis malgrandan grupon de templieroj, kiuj dividis lian vidon kaj estis pretaj helpi protekti la dokumentojn.

"Ni devas agi saĝe kaj diskrete," Pierre instigis sian novan aliancon. "Nia unua paŝo estos certigi, ke ĉi tiuj dokumentoj restu sekuraj, dum ni pripensas la plej bonan manieron malkaŝi la veron sen damaĝi nian fidon."

Kun nova sento de celo, Pierre kaj liaj aliancanoj komencis plani en sekreto, zorge pripensante ĉiun movon, kiu antaŭenigus ilin en ilia klopodo protekti kaj eble iam malkaŝi la veron kaŝitan en la dokumentoj. Sed ilia tasko ne estis facila, ĉar la internaj dividoj minacis ne nur ilian unuecon, sed ankaŭ la tre fundamenton de ilia kredo kaj misio.

1. aliancanoj - allies
2. argumentis - argued
3. blinda obeemo - blind obedience
4. debato - debate
5. defie - defiantly
6. dividoj - divisions
7. dokumentoj - documents
8. ekzisto - existence
9. fendo - rift
10. fido - faith
11. frataro - brotherhood
12. internaj - internal
13. konscienco - conscience
14. malkaŝita - revealed
15. mision - mission
16. principoj - principles
17. saĝo - wisdom
18. sekretoj - secrets

La Ĉasado

La serĉado fare de la papaj agentoj en Jerusalemo fariĝis pli intensa, metante Pierre kaj liajn aliancanojn sub kreskantan danĝeron. Ili sciis, ke ilia sekureco nun pendis per fadeno, kaj decidoj devis esti faritaj rapide kaj prudente.

"Ni devas resti unu paŝon antaŭ ili," Pierre diris al sia grupo, dum ili kaŝis sin en sekreta loko, for de scivolemaj okuloj. "La dokumentoj devas esti translokigitaj al pli sekura loko."

Uzante malnovajn, preskaŭ forgesitajn pasejojn sub la urbo, ili zorge movis la dokumentojn nokte, evitante la konstantan serĉadon de la agentoj. La malhelaj koridoroj kaj kaŝitaj enirejoj de Jerusalemo servis kiel ilia ŝirmejo kaj vojoj de eskapo.

La agentoj, tamen, ne estis malproksime. Ili metis embuskojn kaj pridemandis ĉiun, kiu aspektis suspektinda. "Ĉu vi vidis ion nekutiman ĉirkaŭ la templieroj?" ili demandis al la lokaj loĝantoj, iliaj okuloj traserĉante ĉiun angulon de la urbo.

Pierre kaj liaj aliancanoj devis esti ekstreme singardaj, ĉiam atentaj al la plej malgranda signo de danĝero. "Memoru, uzu la signojn, kiujn ni interkonsentis por komuniki," Pierre memorigis siajn samideanojn. "Neniu parolo, nur silento kaj atento."

Kun ĉiu tago, la streĉiteco kreskis. La agentoj fariĝis pli determinataj, iliaj metodoj pli drastaj. Sed Pierre restis firma en sia decido protekti la dokumentojn je ĉiu kosto. "Ĉi tiu laboro estas pli granda ol ni ĉiuj," li konfidis al unu el siaj plej proksimaj aliancanoj. "Ni ne povas permesi, ke ĝi falu en malĝustajn manojn."

Dum unu precipe danĝera momento, Pierre preskaŭ estis kaptita de grupo de agentoj, kiuj subite alvenis al loko, kiun li ĵus forlasis. Per rapida pensado kaj la helpo de siaj aliancanoj, kiuj distris la agentojn, li sukcesis eskapi, lia koro batante sovaĝe.

"Ni devis riski tro multe hodiaŭ," Pierre konfesis, kiam ili finfine trovis momenton de ripozo en sekura kaŝejo. "Sed ni daŭre faros ĉion eblan por certigi, ke ĉi tiuj dokumentoj restu sekuraj."

La ĉapitro finiĝas kun Pierre kaj liaj aliancanoj pli deciditaj ol iam ajn antaŭe. Malgraŭ la konstanta minaco kaj la proksimeco de la agentoj, ilia volo protekti la veron restas neŝanceliĝa. La batalo por konservi siajn sekretojn kaj ilia fido unu al la alia nur fortigas ilian rezolucion fronti la venontajn defiojn.

1. agentoj - agents
2. aliancanoj - allies
3. determinitaj - determined
4. embuskojn - ambushes
5. enirejoj - entrances
6. eskapo - escape
7. fervora - fervent
8. interkonsentis - agreed
9. koridoroj - corridors
10. kreskanta - growing
11. lokaj loĝantoj - local residents
12. pendas - hangs
13. pasejojn - passages
14. prudeme - prudently
15. samideanojn - like-minded people

La Konkludo

Post longaj tagoj kaj noktoj plenaj de zorgoj kaj danĝeroj, Pierre finfine decidis agi definitive pri la sekretaj dokumentoj. Konscia pri sia peza respondeco, li kunvenigis siajn plej fidindajn aliancanojn por plani sian finan movon.

"Ni devas certigi, ke ĉi tiuj dokumentoj neniam falos en malĝustajn manojn," Pierre diris al la grupo. "La sola maniero estas kaŝi ilin tiel, ke neniu povos trovi ilin, eĉ post jarcentoj."

Post multe da diskuto kaj zorgema planado, ili elektis sekretan lokon ekster la muroj de Jerusalemo, en fora kaj malofte vizitata regiono. Sub la kovro de nokto, ili enterigis la dokumentojn, certigante, ke la tero super ili ne lasis spuron de perturbo.

Pierre, kun peza koro, markis la lokon per tre subtila signo, konata nur al li kaj liaj plej proksimaj aliancanoj. "Ĉi tiu sekreto devas resti kun ni ĝis la fino de niaj tagoj," li solene deklaris, kaj ĉiuj ĉeestantoj ĵuris gardi ĝin.

En la sekvaj tagoj, la papaj agentoj, spite al siaj intensaj klopodoj kaj manko de spuroj, finfine forlasis Jerusalemon. Ilia foresto alportis trankvilon kaj senton de normaleco reen al la urbo.

Pierre daŭrigis sian vivon kiel templano, sed la sekreto de la dokumentoj restis profunde en lia koro. Li ne povis forgesi la pezon de siaj decidoj nek la eblajn konsekvencojn de siaj agoj.

Liaj aliancanoj restis proksimaj, ilia komuna sperto kreinte nedisigeblan ligon inter ili. Ili ofte renkontiĝis en silento, iliaj rigardoj dirante pli ol vortoj iam povus.

Kvankam la vivo en Jerusalemo revenis al sia kutima ritmo, Pierre ofte trovis sin meditanta ĉe la kaŝejo de la dokumentoj. Li preĝis, esperante, ke li faris la ĝustan elekton, protektante la kredojn de sennombraj homoj tra la mondo.

"Pardonu min, se mi eraris," li flustris al la vento. "Sed mia intenco ĉiam estis protekti, ne detrui."

Pierre portis la misteron de la dokumentoj kun si por la resto de siaj tagoj, ĉiam konscia pri la delikata ekvilibro inter vero kaj kredo. La sekreto fariĝis parto de li, samtempe gvida lumo kaj peza ŝarĝo, kiun li elektis porti en silento por ĉiam.

1. agentoj - agents
2. aliancanoj - allies
3. areo - area
4. diskutado - discussion
5. enterigis - buried
6. fidindajn - trustworthy
7. jarcentoj - centuries
8. kovro - cover
9. malĝustajn manojn - wrong hands
10. malproksima - remote

11. muroj - walls
12. perturbo - disturbance
13. planado - planning
14. respondeco - responsibility
15. zorgoj - worries

Enketo kontraŭ la Ruĝa Pugno

La Privata Detektivo

Bruno, sperta privata detektivo en Parizo, amas sian laboron pli ol ĉion alian. Lia kapablo solvi malfacilajn kazojn faris lin bone konata en la submondo de la urbo. Unu tagon, li ricevas informon pri nova kazo, kiu ŝajnas simpla je la unua rigardo.

Komencante sian enketon, Bruno parolas kun diversaj personoj, kolektante indicojn. Li vizitas plurajn lokojn en Parizo, de malhelaj stratetoj ĝis luksaj apartamentoj, serĉante ajnan spuron, kiu povus gvidi lin al la vero.

Dum sia serĉado, Bruno trovas kelkajn strangaĵojn — indicojn, kiuj ŝajne havas neniun rilaton al lia kazo. Tamen, lia detektiva instinkto diras al li, ke io pli profunda kaŝiĝas malantaŭ la surfaco.

Laŭ siaj malkovroj, Bruno ekkomprenas, ke li fakte sekvas la spurojn de sekreta organizo konata kiel la Ruĝa Pugno. Ĉi tiu grupo estas envolvita en mistero kaj ŝajnas havi malhelajn celojn.

Movita de scivolemo kaj deziro malkovri la veron, Bruno decidas profundigi sian enketon pri la Ruĝa Pugno. Li komprenas, ke la afero, kiu komence ŝajnis simpla, povus fakte esti parto de io multe pli granda kaj pli danĝera.

"Mi devas scii pli pri ĉi tiu Ruĝa Pugno," Bruno diris al si, sentante kiel la adrenalino fluas tra liaj vejnoj. "Estas io kaŝita en Parizo, kaj mi malkovros ĝin."

Li ekdecidis sekvi ĉi tiun pistaron, nekonsiderante kien ĝi kondukos lin. Bruno sciis, ke lia decido povus meti lin en danĝero, sed lia pasio por la vero kaj justeco estis pli forta ol ia ajn timo.

Kun ĉi tiu nova determino, Bruno prepariĝis por malkovri la sekretojn de la Ruĝa Pugno, preta alfronti ajnan defion, kiu staros inter li kaj la malkovro de la vero. La urbo de lumo baldaŭ malkovros la ombrojn, kiuj moviĝas en ĝia koro, kaj Bruno estas la sola, kiu povas malkaŝi ilin.

1. adrenalinfluo - adrenaline flow

2. aleoj - alleys
3. determino - determination
4. enketo - investigation
5. indicojn - clues
6. instinkto - instinct
7. justeco - justice
8. kazo - case
9. kolektante - collecting
10. malkovroj - discoveries
11. mistero - mystery
12. organizo - organization
13. pasio - passion
14. pisto - trail
15. Ruĝa Pugno - Red Fist

La Ruĝa Pugno

Dum sia enketo, Bruno malkovras, ke la Ruĝa Pugno estas pli ol nur ombra organizo; ĝi estas ekstremisma grupo kun radikalaj celoj. Ilia ambicio transformi Francion en socialisman diktaturon kaptas la atenton de Bruno, kiu komprenas la gravan signifon de sia misio.

Vagante tra la stratoj de Parizo, Bruno rimarkas la grafitiojn de la Ruĝa Pugno, iliaj simboloj kaŝe markitaj sur muroj kaj pordoj. Li sekvas la spurojn al malhelaj anguloj de la urbo, kie li aŭskultas konspirajn konversaciojn, kiuj malkaŝas la sekretan naturon de la organizo.

Bruno ekscias, ke la Ruĝa Pugno estas bone financata, ricevante subtenon de surprize altaj rondoj. Politikistoj, kiuj publike prezentas sin kiel demokratoj, sekrete verŝas monon en la kaŝajn kontojn de la grupo. Ĉi tiu malkovro ŝokas Brunon, kiu komencas vidi la veran amplekson de la minaco, kiun la Ruĝa Pugno prezentas al la stabileco de Francio.

"Kiel tio povas esti?" Bruno demandas al si, ne povante kredi la duoblecon de la politikistoj, kiujn la publiko fidas. Li konscias pri la danĝeroj, kiujn lia enketo alportas, sed lia determino nur plifortiĝas. "Mi devas malkovri iliajn planojn," li decidas, konscia pri la riskoj.

Bruno plene investas sin en la kazo, uzante ĉiun rimedon disponeblan al li por kolekti pli da informoj pri la Ruĝa Pugno. Li scias, ke lia laboro ne nur temas pri solvado de mistero, sed ankaŭ pri protektado de la fundamentoj de la franca socio.

Kiel privata detektivo, Bruno trovas sin en la unika pozicio defii la ombrojn, kiuj minacas engluti lian amatan urbon. Li estas preta alfronti la venontajn defiojn, eĉ se tio signifas riski sian propran sekurecon. La batalo kontraŭ la Ruĝa Pugno ne estos facila, sed Bruno estas decidita malhelpi ilian planon je ĉiu kosto.

En ĉi tiu ĉapitro, Bruno ne nur malkovras la veran naturon de la Ruĝa Pugno, sed ankaŭ la profundan korelacion inter politiko kaj ekstremismo. Lia enketo metas lin sur danĝeran vojon, sed ankaŭ sur tian, kiu povas finfine riveli la veron kaj protekti la valorojn, kiujn li plej alte taksas.

1. ambicio - ambition
2. amplekson - scope
3. anguloj - corners
4. batalo - battle
5. determino - determination
6. duoblecon - duplicity
7. ekstremisma - extremist
8. enketo - investigation
9. financata - funded
10. grafitiojn - graffiti
11. kazo - case
12. konspirajn - conspiratorial
13. malkovro - discovery
14. politikistoj - politicians
15. radikalaj - radical

La Enketo Progresas

Dum Bruno pliprofundigas sian enketon pri la Ruĝa Pugno, li komencas sekvi ĝiajn membrojn kun neŝanceliĝa determino. Diskrete, li fotas iliajn movadojn kaj notas detale ĉiun renkontiĝon kaj konversacion, kiun li sukcesas kapti.

Per siaj lertaj esploraj kapabloj, Bruno malkovras la lokon, kie la Ruĝa Pugno kutime kunvenas. Li riskas proksimiĝi al la pordo, aŭskultante iliajn planojn tra fendetoj kaj ŝlosiltruoj. La informoj, kiujn li kolektas, estas alarmigaj: la grupo planas entrepreni gravajn agojn en la proksimaj tagoj, celante subfosi la francan registaron.

Bruno sentas profundan zorgon pri sia lando kaj ĝiaj civitanoj. Li scias, ke li ne povas trakti ĉi tiun minacon sola, do li decidas kontakti amikon en la polico. Kvankam lia amiko komence estas skeptika pri liaj asertoj, la graveco kaj urĝeco en la voĉo de Bruno konvinkas lin, ke la situacio estas serioza.

Bruno prezentas la kolektitajn pruvojn al sia amiko, kiu finfine konsentas helpi lin. Ili komencas labori kune, elpensante planon por malhelpi la agojn de la Ruĝa Pugno antaŭ ol ili povas fari realan damaĝon.

Dum Bruno daŭrigas sian subaŭskultan kaj observadan laboron, li konscias pri la kreskanta risko. La Ruĝa Pugno estas konata pro sia senkompata traktado de iu ajn, kiu staras sur ilia vojo, kaj Bruno scias, ke li devas resti unu paŝon antaŭ ili por resti sekura.

La ĉapitro finiĝas kun Bruno, rigardante tra la ombroj de Parizo, lia menso kaj koro plenaj de decido. Li komprenas la pezon de la tasko antaŭ li, sed ankaŭ la gravecon de sia rolo en protektado de la libereco kaj sekureco de sia lando. Kun la subteno de sia amiko en la polico kaj siaj propraj nekredeblaj detektivaj kapabloj, Bruno estas preta alfronti kion ajn la Ruĝa Pugno planas, decidita protekti sian hejmon je ĉiu kosto.

1. agadojn - actions
2. alarmaj - alarming
3. aŭskultante - listening

4. decido - decision
5. detalan - detailed
6. determino - determination
7. diskrete - discreetly
8. esploraj kapabloj - investigative skills
9. fendetoj - cracks
10. fotas - photographs
11. gravajn - serious
12. konversacio - conversation
13. kunvenas - meets
14. lertaj - skillful
15. minacon - threat

Danĝero kaj Malkovroj

Dum Bruno pliprofundigas sian enketon pri la Ruĝa Pugno, li komencas ricevi minacajn anonimajn mesaĝojn. Li komprenas, ke la Ruĝa Pugno estas konscia pri liaj agadoj kaj nun atente observas lin. Tio devigas Brunon esti pli singarda, ofte ŝanĝante siajn kutimajn vojojn kaj uzante diversajn kaŝvestojn por eviti detekton.

Unu tagon, dum li sekrete observas la movadojn de la grupo, Bruno malkovras, ke granda manifestacio estas planata en la koro de Parizo. La Ruĝa Pugno intencas ekspluati ĉi tiun eventon por disvastigi sian ekstremisman ideologion kaj eble instigi perforton.

Senprokraste, Bruno kontaktas sian amikon en la polico, informante lin pri la minaca danĝero. Kvankam lia amiko komence montras iom da skeptiko pri la gravo de la situacio, la konvinkaj pruvoj, kiujn Bruno prezentas, finfine movas lin agi.

Dum Bruno daŭrigas sian enketadon, li trovas serion da dokumentoj, kiuj malkaŝas la nomojn de pluraj konataj politikistoj implikitaj en la financado kaj subteno de la Ruĝa Pugno. Ĉi tiu malkovro profundigas la misteron kaj konfirmas la altan nivelon de la konspiro.

Kompreneble, Bruno konscias pri la kreskanta danĝero al sia propra sekureco, sed lia determino restas neflektebla. Li prenas ekstrajn paŝojn por certigi, ke la pruvoj, kiujn li kolektis, estas sekure kaŝitaj kaj protektitaj. Li scias, ke la informoj, kiujn li posedas, estas tro valoraj kaj potencaj por riski ilian perdon aŭ detruon.

Dum la horoj kaj tagoj pasas, la premo kaj risko nur kreskas. Bruno sentas la pezon de la urĝeco kaj la graveco de sia misio. Li preparas sin por la venonta konfrontiĝo, sciante, ke liaj agoj povus havi decidan influon sur la estonteco de Parizo kaj eble de la tuta Francio.

La ĉapitro finiĝas kun Bruno, starante en la ombroj de la urbo, sia menso klara kaj sia koro plena de celo. Li ne nur batalas por malkovri la veron sed ankaŭ por protekti la valorojn kaj principojn, kiujn li tiom alte tenas. Kiel vera gardanto de justeco, Bruno estas preta alfronti ĉion, kion la Ruĝa Pugno povas ĵeti kontraŭ li.

1. agadoj - actions
2. anonimajn - anonymous
3. deguisojn - disguises
4. determino - determination
5. ekstremisman - extremist
6. financado - financing
7. gardanto - guardian
8. iminenta - imminent
9. instigi - to incite
10. konfrontiĝo - confrontation
11. konspiro - conspiracy
12. manifestacio - demonstration
13. minacajn - threatening
14. nefleksebla - unwavering
15. observas - observes

La Konfrontiĝo Alproksimiĝas

Kiam la tago de la granda manifestacio alproksimiĝis, la aero en Parizo ŝarĝiĝis per atendo kaj nervozeco. La polico, jam informita pri la eblaj minacoj de la Ruĝa Pugno, pliigis sian viglecon, preta interveni je ajna signo de perforto.

Bruno, ludante ŝlosilan rolon en la provoj malkovri kaj malhelpi la planojn de la Ruĝa Pugno, laboris senĉese, provizante la policon per valoraj informoj kaj pruvoj. Li sekrete sekvis la movadojn de la grupo, registrante iliajn konversaciojn kaj agadojn, kaj akumulante pruvojn kontraŭ ili.

"Ĉi tiu informo estas decida," diris Bruno al sia amiko en la polico dum sekreta renkontiĝo. "Ni devas esti pretaj por ĉio."

Bruno, kies instinktoj kutime gvidis lin al la vero, sentis malbonan antaŭsenton pri la venontaj eventoj. Li sciis, ke la situacio povus rapide eskali en perforton, se ĝi ne estus zorge traktita. Kun ĉi tiu penso en la menso, li zorge preparis urĝan planon, pretigante sin kaj la policon por ajna ebla scenaro.

La nokton antaŭ la manifestacio, Bruno trovis sin nekapabla dormi. Lia menso estis tro plena de zorgoj pri la sekureco de la urbo kaj ĝiaj civitanoj. Li pasigis la horojn kontrolante sian ekipaĵon, certigante, ke ĉio estis en ordo kaj preta por la defioj, kiujn la sekvanta tago povus alporti.

Bruno sentis pezan respondecon sur siaj ŝultroj. La sekureco de Parizo, la urbo, kiun li tiel amas, nun ŝajnis pendi sur la rando de danĝero. Li sciis, ke la eventoj de la sekva tago povus determini la estontecon de la urbo kaj eble eĉ de la tuta nacio.

Dum la unuaj lumoj de la tagiĝo rompis tra la nokta ĉielo, Bruno preparis sin por eliri. Li estis vestita diskrete, lia vizaĝo kaŝita sub la ombroj de sia ĉapelo. Lia koro batis rapide, sed lia decido restis firma: li faros ĉion eblan por protekti sian urbon.

Kun ĉiu paŝo direkte al la manifestacia loko, Bruno sciis, ke la venontaj horoj estus inter la plej kritikaj de lia kariero. Malgraŭ la danĝero, li sentis sin preta alfronti kion ajn venos. Por Bruno, la protektado de demokratio kaj la sekureco de la civitanoj estis la plej alta celo, kaj li estis decidita ne lasi la Ruĝan Pugnon venki.

1. akumulante - accumulating
2. antaŭsenton - premonition
3. demokratio - democracy

4. ekipaĵon - equipment
5. eskali - escalate
6. instinktoj - instincts
7. interveni - to intervene
8. manifestacio - demonstration
9. minacoj - threats
10. nervozeco - nervousness
11. perforto - violence
12. preuveblecon - evidence
13. registrante - recording
14. sekreta renkontiĝo - secret meeting
15. viglecon - vigilance

La Manifestacio

La tago komenciĝis frue por Bruno, kiu vekiĝis kun la unuaj lumoj de la aŭroro, sentante la pezon de la venonta tago sur siaj ŝultroj. Parizo estis nekutime trankvila, kvazaŭ la urbo mem atendus kun spirhaltita anticipado tion, kio baldaŭ okazos.

Kiam la manifestacio komenciĝis, la stratoj malrapide pleniĝis de homoj el ĉiuj kampoj de la vivo, kunigitaj de komuna celo. Bruno, vestita kiel unu el la multaj, miksita inter la homamaso, observis la scenon kun atenta okulo. Li rimarkis kelkajn membrojn de la Ruĝa Pugno, iliaj vizaĝoj firmaj kaj decidaj.

La polico, kvankam nevidebla al la nesperta okulo, estis diskrete dislokita ĉirkaŭ la areo, preta agi je la plej malgranda signo de malordo. Bruno, tenante kontaktan linion malfermita kun sia amiko en la polico, raportis siajn observojn, lia voĉo malalta kaj urĝa.

Kiam la paroladoj komenciĝis, la atmosfero iĝis elektra, kun la tensio palpebla en la aero. La vortoj de la parolantoj resonis tra la homamaso, incitante pasiojn kaj fortigante kredojn.

Tiam, subite, la Ruĝa Pugno faris sian movon. Kun kunordigita efikeco, ili komencis puŝi sian agendon, provante preni kontrolon de la manifestacio. Bruno, vidante la ŝanĝon en la dinamiko, tuj signalis al la polico, indikante la lokon kaj agojn de la Ruĝa Pugno.

La polico reagis kun surpriza rapideco, intervenante por malhelpi la situacion degeneri en kaoson. Dum kelkaj momentoj, la areo pleniĝis je konfuzo kaj krioj, kiam la homamaso estis puŝita en malsamajn direktojn de la subita agado.

Bruno, malgraŭ la danĝero al li mem, laboris por helpi trankviligi la situacion, parolante trankvilige al la ĉirkaŭaj homoj kaj gvidante ilin for de la plej intensaj punktoj de konfrontiĝo. Lia kuraĝo kaj rapideco de penso ludis ŝlosilan rolon en helpo al la polico reakiri kontrolon de la evento.

Fine, dank' al la klopodoj de Bruno kaj la efika agado de la polico, la manifestacio estis submetita al kontrolo, kaj ebla katastrofo estis evitita. Kvankam la tago finiĝis kun kelkaj vundoj kaj multe da streĉo, la plej malbona estis malhelpita, kaj Parizo povis spiri trankvile denove.

Bruno, dum li paŝis hejmen tra la malpleniĝantaj stratoj, sentis miksitan senton de trankvilo kaj maltrankvilo. La eventoj de la tago montris al li la konstantan bezonon de vigleco kaj la malfacilajn decidojn, kiujn devas fari tiuj, kiuj elektas stari sur la linio inter ordo kaj kaoso. Sed por nun, li povis senti iom da fiero pro sia rolo en protektado de la paco de sia urbo.

1. anticipado - anticipation
2. aŭroro - dawn
3. ĉapelo - hat
4. decidoj - decisions
5. degeneri - to degenerate
6. elektra - electric
7. homamaso - crowd
8. incitante - inciting
9. intervenante - intervening
10. kaoso - chaos
11. kontaktan linion - contact line
12. malpleniĝantaj - emptying
13. neinstruita - untrained
14. observojn - observations
15. ordo - order

16. parolantoj - speakers
17. pasiojn - passions
18. respondecon - responsibility
19. subita - sudden
20. vigleco - alertness

Post la Manifestacio

Post la tumulto de la manifestacio, la Ruĝa Pugno rapide estis arestita de la polico, dank' al la diligenta laboro kaj decida agado de Bruno kaj liaj policaj aliancanoj. Bruno sentis miksaĵon de trankvilo kaj konstanta vigleco, konscia ke la minaco povus ankoraŭ reaperi en alia formo.

Sekve de la okazaĵoj, la polico komencis profundan enketon, esplorante ĉiujn arestitajn membrojn de la Ruĝa Pugno. Inter la pruvoj kolektitaj de Bruno, ili malkovris ŝokajn konektojn inter la grupo kaj kelkaj altaj politikistoj, kiuj sekrete financis la ekstremisman agadon.

La malkaŝo de ĉi tiuj ligoj sendis ondojn tra la politika pejzaĝo de Parizo, eksponante la duoblan ludon de tiuj, kiuj publike prezentis sin kiel defendantoj de demokratio, sed sekrete subfosis ĝin. Bruno, pro sia kerna rolo en la malkovro de la komploto, ricevis laŭdojn de siaj kolegoj kaj la pli larĝa komunumo.

En la tagoj post la manifestacio, Bruno estis invitita paroli al kelkaj ĵurnalistoj, kiuj volis scii pli pri la detaloj de la kazo. Kun modesto kaj klareco, li dividis sian vidon pri la graveco de vigleco kaj la defendo de demokratiaj principoj kontraŭ tiuj, kiuj serĉas ilin subfosi.

"Demokratio estas kiel delikata planto; ĝi bezonas konstantan zorgon kaj protekton," Bruno diris, liaj vortoj resonante kun multaj, kiuj aŭdis lin. Malgraŭ sia heroaĵo, li restis humila, preferante resti en la ombroj, laborante silente por protekti la valorojn, kiujn li karegis.

Post la agitado, Parizo iom post iom revenis al sia kutima ritmo. Bruno, kvankam kontenta vidi la urbon trankviliĝi, sciis, ke lia laboro neniam vere finiĝas. Li estis plene konscia, ke novaj defioj povus aperi en ajna momento, kaj ke vigleco restas esenca.

Dum li preparis sin por la venontaj taskoj, Bruno rigardis tra sia oficeja fenestro, observante la trankvilajn stratojn de Parizo. Li sentis profundan konekton kun la urbo, kaj lia decido protekti ĝin kontraŭ ĉiaj minacoj restis nefleksebla.

"Kio ajn venos, mi estos preta," Bruno murmuris al si, turnante sin denove al sia laboro, pretigante sin por la sekva kazo, kiu jam atendis sur lia skribotablo. Kun nova forto kaj determino, li estis preta alfronti kion ajn la estonteco alportos.

1. agado - action
2. agitado - agitation
3. aliancanoj - allies
4. arestita - arrested
5. decida - decisive
6. demokratio - democracy
7. determino - determination
8. diligenta - diligent
9. ekstremisma - extremist
10. enketo - investigation
11. financantaj - financing
12. heroececo - heroism
13. konstanta - constant
14. laŭdojn - praises
15. miksaĵon - mixture
16. minaco - threat
17. pejzaĝo - landscape
18. pruvoj - proofs
19. subfosadis - undermining
20. tumulto - tumult

Konkludo

Post la tumulto de la kazo kun la Ruĝa Pugno, Bruno sidiĝis en la trankvilo de sia oficejo, rigardante tra la fenestro al la vivo, kiu vigle moviĝis sur la stratoj de Parizo. Li prenis momenton por pripensi la eventojn, kiuj ĵus okazis, kaj la rolon, kiun li ludis en ilia solvo.

"Mi vere helpis mian landon," li pensis al si, sentante ondon de fiero. La sperto emfazis la gravecon de lia laboro kiel privata detektivo kaj kiel liaj klopodoj kontribuis al la protektado de la demokratiaj valoroj, kiujn Francio tiom alte tenas.

Bruno ankaŭ profunde komprenis la danĝerojn, kiujn ekstremismo povas porti al la socio. La Ruĝa Pugno, kvankam nun malpliigita, estis memorigilo pri la konstanta bezono de vigleco kaj la rolo, kiun ĉiuj civitanoj devas ludi en la defendado de siaj liberecoj.

Revenante al sia kutima vivo, Bruno ne povis eviti senti, ke la mondo ĉiam bezonos detektivojn—homojn pretajn fari la necesajn demandojn, serĉi la veron, kaj defendi la senhelpajn. Li rigardis eksteren al la ĉiam ŝanĝiĝanta pejzaĝo de Parizo, sentante profundan konekton al la urbo, kiu estis lia hejmo kaj lia kampo de laboro.

Pretigante sin por novaj aventuroj, Bruno pripensis la lecionojn, kiujn li lernis pri si mem dum la enketo. La defioj, kiujn li alfrontis, ne nur testis lian lertecon kaj decidemon, sed ankaŭ montris al li la profundon de sia propra kuraĝo kaj persistemo.

Pli determinita ol iam ajn, Bruno konservis la dokumentojn kolektitajn dum sia enketo kiel pruvojn de la Ruĝa Pugno kaj kiel memorigilojn pri la konstanta bezono batali kontraŭ tiuj, kiuj serĉas subfosi la fundamentojn de la socio.

Kun espero por pli sekura Francio kaj persista vigleco kontraŭ novaj minacoj, Bruno fiksis sian rigardon en la estontecon. Li estis, sen dubo, vera defendanto de demokratio, ĉiam preta protekti kaj servi siajn civitanojn.

Dum la suno malrapide subiris super la horizonto, kolorigante la ĉielon per nuancoj de oranĝo kaj ruĝo, Bruno sentis sin preta por ĉio, kion la estonteco portus. Kiel detektivo, li sciis, ke la venonta kazo povus esti nur ĉirkaŭ la angulo, kaj li estus tie por renkonti ĝin kun la sama braveco kaj determino, kiujn li ĉiam montris.

1. aventuroj - adventures
2. bravo - bravery
3. defendanto - defender
4. demandojn - questions
5. demokratio - democracy
6. determino - determination
7. ekstremismo - extremism
8. enketo - investigation
9. fiero - pride
10. horizonto - horizon
11. kampo de laboro - field of work
12. kuraĝo - courage
13. lerteco - skill
14. liberecoj - freedoms
15. memorigilojn - reminders
16. persistemo - perseverance
17. pejzaĝo - landscape
18. pruvojn - proofs
19. subfosi - undermine

La Sekreto de la Paradiza Insulo

Turbulita Paradizo

En Franca Polinezio, insulo ŝajnas esti la perfekta bildigo de paradizo, kun siaj belaj kaj trankvilaj pejzaĝoj. Tamen, malantaŭ la serena fasado, mistero zorgigas: turistoj komencis malaperi sen postsignoj.

La lokaj loĝantoj ŝajne prenas la aferon kun nekutima indiferenteco, kvazaŭ la malaperoj estus simple parto de la ĉiutaga vivo sur la insulo. Ĉi tiu stranga reago nur pliigas la misteron ĉirkaŭ la malaperoj.

Christine, ambicia franca ĵurnalistino, aŭdas pri la misteraj okazoj kaj sentas, ke io pli profunda estas kaŝita sub la surfaco. Movita de sia scivolemo kaj profesia devo, ŝi decidas vojaĝi al la insulo por malkovri la veron malantaŭ la malaperoj.

Alveninte sur la insulon, Christine tuj rimarkas strangan atmosferon. La lokaj loĝantoj ŝajnas intence eviti ŝiajn demandojn, kaj ŝi rimarkas afiŝojn pri la malaperintaj personoj, kio nur plifortigas ŝian suspekton, ke io malbona okazas.

Dum la nokto, la aero pleniĝas per maltrankviligaj sonoj, kaj Christine trovas nekutimajn spurojn sur la plaĝo, kio kondukas ŝin al la konkludo, ke ŝi eble estas sub observado. Kvankam ŝi konscias pri la danĝero, ŝia decido malkovri la veron nur plifortiĝas.

Christine komencas sian enketon per parolado kun la insulanoj, serĉante iun, kiu volas dividi informojn. La plimulto de la loĝantoj gardas silenton, sed la malmultaj, kiuj kuraĝas paroli, nur pliigas la misteron per siaj ĉifitaj aludoj al pli mallumaj fortoj ĉe laboro.

Dum ŝi daŭrigas sian serĉadon, Christine malkovras pli da afiŝoj pri personoj, kiuj malaperis sub similaj cirkonstancoj. La nokta aero portas bruojn, kiuj ŝajnas ne de ĉi tiu mondo, kaj Christine trovas sin alfrontata de la ebleco, ke ŝi povus esti la sekva celo.

Deklarante al si, ke la vero devas esti malkovrita koste kio ajn, Christine plifortigas sian rezolucion daŭrigi sian enketon malgraŭ la minacoj, kiuj ŝvebas super ŝi. Ŝi scias, ke ŝi estas sur la vojo por malkovri sekreton, kiu povus ŝoki la mondon, kaj ŝi estas preta alfronti kion ajn venos por atingi sian celon.

1. afiŝoj - posters
2. aludoj - allusions
3. ambicia - ambitious
4. atmosfero - atmosphere
5. ĉifitaj - encoded
6. decido - decision
7. enketo - investigation
8. indiferenteco - indifference
9. insulo - island
10. intence - intentionally
11. kuraĝas - dare
12. malaperoj - disappearances
13. malkovri - to uncover
14. mistero - mystery
15. observado - observation
16. pejzaĝoj - landscapes
17. profesia devo - professional duty
18. scivolemo - curiosity
19. spurojn - traces
20. strangaĵo - oddity

Maltrankviligaj Indicoj

Dum sia enketo sur la insulo, Christine uzis sian ĵurnalisman lertecon por diskrete demandi la lokajn loĝantojn. Malgraŭ ilia ĝenerala silentemo, kelkaj dividis kun ŝi maltrankviligajn rakontojn, kiuj malfermis novan ĉapitron en ŝia serĉado. Ŝi aŭdis pri malnova legendo, kiu asertis, ke spirito vagas sur la insulo, kaptante la animojn de la malaperintoj.

Intrigita de ĉi tiu informo, Christine trovis malnovan taglibron en la insula biblioteko. La taglibro detale priskribis similajn malaperojn, kiuj okazis antaŭ multaj jardekoj, sugestante ke la nunaj eventoj ne estas unikaj.

Poste, dum esplorado en la densa ĝangalo, Christine malkovris kaŝitan groton. En ĝia interno, ŝi trovis strangajn markojn kaj simbolojn gravuritajn sur la rokoj, kiuj ŝajnis esti parto de iu malnova rito aŭ ceremonio. Ŝi rapide prenis kelkajn sekretajn fotojn por dokumenti siajn trovojn.

Dum ŝi plu esploris la groton, subita sono de paŝoj malantaŭ ŝi ekigis panikon. Senpripense, ŝi forkuris el la groto, timante, ke iu aŭ io estis post ŝi.

Plu en sia esplorado, Christine renkontis maljunan saĝulon, konatan de la insulanoj kiel profunde scianta pri la historio kaj sekretoj de la insulo. Li parolis al ŝi pri la "Gardisto de la insulo," mistera ento, kiu, laŭdire, protektas la insulon kontraŭ eksteraj influoj.

La saĝulo avertis Christine, ke ŝia enketo povus allogi la atenton de la Gardisto kaj ke ŝi devus esti ekstreme singarda. Malgraŭ liaj avertoj, Christine sentis, ke ŝia devo kiel ĵurnalistino kaj ŝia deziro malkovri la veron estis pli fortaj ol iu ajn timo.

Decidita plu esplori la rolon de la Gardisto en la malaperoj, Christine preparis sin por la sekva fazo de sia enketo. Ŝi sciis, ke la vero povus esti danĝera, sed ŝia engaĝiĝo al ĵurnalismo kaj justeco gvidis ŝian decidon daŭrigi, malgraŭ la minacoj al ŝia sekureco.

Kun nova celo kaj determino, Christine pretigis sin por plonĝi pli profunden en la misterojn de la insulo, preta alfronti kion ajn ŝi povus malkovri. La sekretoj de la insulo estis malfermiĝantaj, kaj ŝi estis preta malkovri ilin, koste kio ajn.

1. avertoj - warnings
2. biblioteko - library
3. ceremonio - ceremony
4. determino - determination
5. engaĝiĝo - commitment
6. ĝangalo - jungle
7. grotton - cave
8. ĵurnalismo - journalism
9. kaŝita - hidden

10. legendo - legend
11. lertecon - skillfulness
12. malaperoj - disappearances
13. maltrankviligajn - disturbing
14. markojn - marks
15. misterojn - mysteries
16. panikon - panic
17. rito - rite
18. saĝulo - sage
19. sekretoj - secrets
20. simbolojn - symbols

La Gardanto de la Insulo

Determinita malkovri pli pri la mistera Gardanto de la insulo, Christine plonĝis en la profundon de lokaj arkivoj kaj malnovaj rakontoj, serĉante ajnan informon, kiu povus lumigi ŝian vojon. Inter la polvokovritaj paĝoj de malnovaj libroj, ŝi trovis referencojn al antikvaj ritueloj, dizajnitaj por protekti la insulon kontraŭ malbonaj fortoj.

Dum sia esplorado en la densa insula ĝangalo, Christine malkovris malnovan altaron, kaŝitan inter la arboj. La altaro, kovrita de freŝaj floroj kaj ĉizitaj simboloj, indikis ke la ritueloj, priskribitaj en la antikvaj tekstoj, ankoraŭ estis praktikataj.

Unu nokton, sekvante grupon de ŝajne ordinaraj insulanoj, Christine trovis sin ĉe la rando de malhela arbaro. Kun kreskanta sento de maltrankvilo, ŝi observis, dum ili engaĝiĝis en tio, kio ŝajnis esti malnova kaj timiga rito. La insulanoj, kunigitaj ĉirkaŭ la altaro, ŝajne alvokis nekonatan enton, kies nomo restis nekonata al Christine.

La atmosfero pleniĝis per la sonoj de malproksimaj krioj, kaj Christine, kaptita de timo kaj konfuzo, rapide retiriĝis en la ombrojn por eviti esti malkovrita. Dum ŝi fuĝis, ŝi hazarde trovis kelkajn personajn objektojn, ŝajne apartenantajn al kelkaj el la malaperintaj turistoj, disĵetitajn ĉirkaŭ la altaro.

Ĉi tiu malkovro plifortigis ŝian konvinkon, ke la Gardanto de la insulo ludis centran rolon en la malaperoj. Kun ĉi tiu konkludo pezanta sur ŝia konscienco, Christine decidis, ke ŝi devas agi rapide por malkaŝi la veron al la mondo.

Surprizita de la amplekso de siaj malkovroj kaj konscia pri la danĝeroj, kiujn ŝi nun frontas, Christine preparis sin por la defioj antaŭ ŝi. Ŝi sciis, ke la informoj, kiujn ŝi kolektis, povus esti ŝlosilaj por finfine solvi la misteron de la insulo kaj meti finon al la malaperoj.

Dum ŝi komencis kunmeti siajn notojn kaj pruvojn por krei konvinkan rakonton, Christine sentis sin pli engaĝita ol iam ajn por malkaŝi la veron. La sekretoj de la insulo estis pretaj esti rivelitaj, kaj ŝi estis la sola, kiu povus porti ilin al lumo. Kun firma decido kaj kuraĝo, Christine prepariĝis konfronti la Gardanton kaj malkaŝi la mallumon, kiu kaŝiĝis en la koro de la paradiza insulo.

1. altaron - altar
2. amplekso - extent
3. antikvaj - ancient
4. arbaro - forest
5. arkivoj - archives
6. ĉizitaj - carved
7. decido - decision
8. densa - dense
9. engaĝiĝis - engaged
10. floroj - flowers
11. ĝangalo - jungle
12. kuraĝo - courage
13. maltrankvilo - unease
14. malkovri - to uncover
15. malproksimaj - distant
16. mistera - mysterious
17. objektojn - objects

La Konfrontiĝo

Post kolektado de ĉiuj necesaj pruvoj, Christine komencis prepari detalan artikolon, celante malkaŝi la terurajn sekretojn de la insulo. Ŝi zorge sendis la dokumentojn kaj fotojn al sia redaktejo en Francio, sciante, ke ŝiaj malkovroj povus havi profundajn konsekvencojn.

Dum ŝi plu esploris, la insulanoj iom post iom komencis montri suspekton kaj malamon kontraŭ ŝi. La atmosfero sur la insulo densiĝis, kaj Christine sentis, ke danĝero nun estis ĉie ĉirkaŭ ŝi. Anonimaj minacoj komencis alveni, kaj ŝi sciis, ke ŝi devas agi rapide.

Malgraŭ la kreskanta maltrankvilo, Christine estis pli determinita ol iam ajn kompletigi sian enketon. Ŝi decidis konfronti la ĉefon de la vilaĝo, esperante akiri pli da informoj pri la Gardanto kaj la malaperoj.

Dum la konfrontiĝo, la vilaĝestro malvolonte agnoskis, ke la Gardanto vere ekzistas kaj funkcias kiel protektanto de la insulo. Li malkaŝis, ke la malaperoj estis konsiderataj kiel necesaj oferoj por konservi la insulon kaj ĝiajn tradiciojn kontraŭ eksteraj influoj. Christine estis profunde ŝokita kaj hororigita de ĉi tiu malkovro.

Sekrete, ŝi registris ilian konversacion, konscia ke ĝi povus servi kiel decida pruvo. La vilaĝestro, sentante la danĝeron de siaj propraj vortoj, averte diris al Christine, ke ŝi devus forlasi la insulon antaŭ ol estus tro malfrue.

Sentiĝante minacata kaj konscia pri la urĝeco de la situacio, Christine rapide planis sian foriron de la insulo. Ŝi promesis, ke ŝi malkaŝos la veron pri la Gardanto kaj la malaperoj al la mondo, nekonsiderante la personajn riskojn.

Dum ŝi preparis sin por eskapi sub la kovro de nokto, Christine sentis miksaĵon de timo kaj rezolucio. Ŝi sciis, ke la venontaj horoj estus decidaj por ŝia sekureco kaj la sukceso de ŝia misio. Kun la promeso firme en sia koro, ŝi prenis la unuajn paŝojn direkte al la haveno, pretigita malkaŝi la ombrojn, kiuj kaŝiĝis malantaŭ la paradiza fasado de la insulo.

1. anonimaj - anonymous
2. artikolon - article
3. averte - warningly
4. densiĝis - thickened
5. dokumentojn - documents
6. eskapi - to escape
7. haveno - harbor
8. konfrontiĝo - confrontation
9. malamon - hostility
10. malaperoj - disappearances
11. maltrankvilo - unease
12. minacoj - threats
13. mistera - mysterious
14. oferoj - sacrifices
15. ombrojn - shadows
16. protektanto - protector
17. redaktejo - editorial office
18. registris - recorded
19. rezolucio - resolution
20. vilaĝestro - village chief

La Fuĝo kaj la Malkaŝo

En la profundaj ombroj de la nokto, Christine diskrete pakis siajn aferojn, preparante sin por la plej riska parto de sia aventuro ĝis nun. Kun ĉiu movo kalkulita, ŝi elpaŝis el sia loĝejo kaj eniris la malvarman nokton, direktante sin al la haveno.

Subite, ŝi aŭdis paŝojn malantaŭ si. Kun koro batanta rapide, ŝi ekkuris, sentante la urĝon de danĝero ĉe siaj kalkanoj. Per rapida movo kaj lerteco, ŝi sukcesis atingi la boaton, eskapante de siaj ĉasistoj en la lasta momento.

Sekura sur la boato, Christine rapide sendis sian artikolon al sia redaktejo. En la sekvaj horoj, la rakonto disvastiĝis kiel sovaĝa fajro tra la interreto, kaptante la atenton de la tuta mondo. La sekreto de la insulo nun estis malkaŝita, ŝokante kaj fascinante legantojn ĉie.

La aŭtoritatoj, nun vekitaj al la graveco de la situacio, komencis profundan enketon. La insulanoj estis intervjuitaj, kaj la vera amplekso de la misteroj, kiujn Christine malkovris, komencis malfermiĝi antaŭ la publiko.

Pro sia nekredebla kuraĝo kaj persistemo, Christine ricevis laŭdon de ĉiuj flankoj. Mesaĝoj de subteno kaj dankemo alfluadis, agnoskante ŝian rolon en la malkaŝo de la veraj okazaĵoj sur la insulo.

Post la enketo, la malaperoj mirakle ĉesis, lasante la komunumon kaj la mondon pripensi la profundajn sekretojn, kiuj povas kaŝiĝi en la ombroj de ŝajne perfektaj lokoj.

Inspirita de siaj spertoj, Christine decidis skribi libron pri sia aventuro, detaligante ĉiun paŝon de sia enketo kaj la malkovrojn, kiujn ŝi faris. La libro rapide fariĝis furoraĵo, kaj Christine establis sin kiel voĉo por tiuj, kiuj malaperis, kaj kiel gardanto de la vero kontraŭ la ombroj, kiuj minacas nian mondon. Ŝia verko ne nur servis kiel atestaĵo pri la okazaĵoj sur la insulo, sed ankaŭ kiel inspira fonto por aliaj, kiuj troviĝas antaŭ la defio malkaŝi malagrablajn vero en siaj propraj komunumoj.

Christine fariĝis simbolo de espero kaj kuraĝo, montrante al la mondo, ke unu persono vere povas fari diferencon. Ŝia decido sekvi sian kredon je justeco kaj la serĉado de la vero, malgraŭ la personaj riskoj kaj danĝeroj, inspiris multajn aliajn ĵurnalistojn kaj aktivulojn ĉirkaŭ la mondo.

Kiam la suno leviĝis super la horizonto, markante la komencon de nova tago, Christine staris sur la ferdeko de la boato, rigardante reen al la insulo, kiu ŝanĝis ŝian vivon por ĉiam. Ŝi sentis miksaĵon de maltrankvilo kaj kontento, sciante ke, kvankam ŝi lasis malantaŭe la insulon kaj ĝiajn sekretojn, ŝia laboro havis signifan efikon.

Kun la insulo malaperanta en la distanco, Christine turnis sin al la estonteco, preta por la novaj defioj kaj aventuroj, kiuj atendis ŝin. Ŝi sciis, ke la mondo estas plena de misteroj kaj sekretoj, atendantaj esti malkovritaj, kaj ŝi estis pli ol preta alfronti ilin kun la sama pasio kaj determino, kiujn ŝi montris sur la insulo.

Kiam la boato pluigis sian vojaĝon trans la vasta oceano, Christine pripensis la lecionojn, kiujn ŝi lernis: ke la vero estas ofte pli stranga ol fikcio, ke kuraĝo povas venki timon, kaj ke, finfine, la lumo de justeco ĉiam trovas vojon tra la mallumo. Kaj kun ĉi tiu scio firme en sia koro, ŝi estis preta renkonti kion ajn la estonteco portos.

1. aferojn - belongings
2. aŭtoritatoj - authorities
3. aventuro - adventure
4. ĉasistoj - pursuers
5. dankemo - gratitude
6. determino - determination
7. diskrete - discreetly
8. enketo - investigation
9. eskapante - escaping
10. ferdeko - deck
11. impakton - impact
12. interreto - internet
13. kuraĝo - courage
14. malkaŝo - revelation
15. maltrankvilo - unease
16. minacoj - threats
17. ombroj - shadows
18. pakis - packed
19. persistemo - persistence
20. riska - risky

La Malbeno de la Perdita Urbo

La Mistero de la Montoj Ahaggar

En la vasta kaj senfina dezerto de la Saharo, malproksime de civilizacio, staras la imponaj kaj minacaj montaroj de Ahaggar. Ĉi tiuj montaroj, evititaj de ĉiuj pro sia impona aspekto kaj malproksimeco, konservas sekreton, kiu defiis la tempon.

La sekreto de Ahaggar, gardata per antikva legendo, estas ligita al la tempoj de la Karthaganoj. Onidiroj diras, ke kiam ili estis puŝitaj for el sia urbo de la Romianoj, ili kaŝis trezoron aŭ malbenon en la profundoj de ĉi tiuj montaroj. Nek la arabaj konkistadoroj nek la francaj koloniistoj aŭdacis eniri ĝian kernon, timigitaj de la rakontoj kaj avertoj transdonitaj tra la generacioj.

Thomas, juna kaj aŭdaca arkeologo kun brulanta pasio por la misteroj de la antikva mondo, decidis espleri ĉi tiun legendon. Li estis fascinita de la historioj kaj mitoj, kiujn li kolektis de la lokaj triboj dum siaj preparoj por la ekspedicio al Ahaggar.

"Ĉu vi vere kredas en ĉi tiujn malnovajn rakontojn?" demandis lia amiko kaj kunlaboranto, Marc, dum ili reviziis la ekipaĵon por sia vojaĝo.

"Estas io tie, mi sentas ĝin," respondis Thomas kun certeco en sia voĉo. "Ne temas nur pri trezoro aŭ malbeno. Temas pri malkovri perditan pecon de historio, pri konektiĝo kun la pasinteco."

Dum Thomas kolektis rakontojn kaj avertojn de la lokaj tribaj estroj, li ankaŭ malkovris malnovan mapon. Ĝi montris lokon en la montaro, markitan kiel "enirejo malpermesita." Kun determino brila en siaj okuloj, li rigardis siajn kunulojn.

"Ĉi tiu mapo povas konduki nin al la vero malantaŭ la legendoj," li diris. "Ni povas esti la unuaj, kiuj malkovras kion vere kaŝas Ahaggar."

Malgraŭ la multnombraj avertoj kaj maltrankvilaj rigardoj de la lokuloj, Thomas kaj lia teamo ekis sian ekspedicion, plenaj de ekscito kaj iom da timo. La vojaĝo estis pli ol simpla esplorado; ĝi estis vojaĝo en la nekonatan, defio al la limoj de ilia kuraĝo kaj scivolemo.

Ili lasis malantaŭen la lastajn signojn de civilizacio, enirante en la koron de la dezerto, gvidataj de la malnova mapo kaj la rakontoj kaj mitoj, kiujn ili portis kun si. La mistero de la montaroj Ahaggar atendis ilin, kaŝita inter la sablo kaj ŝtonoj, promesante malkovrojn, kiuj povus ŝanĝi ilian komprenon de la pasinteco. Sed kun ĉiu paŝo pli proksimen al la malpermesita enirejo, la sento de nekonata danĝero kreskis pli peza en iliaj koroj.

1. aŭdaca - daring
2. avertoj - warnings
3. civilizacio - civilization
4. dezerto - desert
5. ekspedicio - expedition
6. enirejo - entrance
7. fascinita - fascinated
8. generacioj - generations
9. imponaj - imposing
10. intimidaj - intimidating
11. karthaganoj - Carthaginians
12. kuraĝo - courage
13. legendo - legend
14. malbeno - curse
15. malproksimeco - remoteness
16. mapo - map
17. minacaj - menacing
18. mitoj - myths
19. montaroj - mountain ranges
20. onidiroj - rumors

La Malpermesita Enirejo

Post longa kaj malfacila vojaĝo tra la senfina dezerto, Thomas kaj lia teamo fine atingis la piedojn de la montaro Ahaggar. La pejzaĝo estis nekredeble bela, kun altaj montopintoj kaj vastaj sablaj ebenaĵoj, sed ankaŭ tre malamika. La suno brulis senindulge, kaj la vento portis sablon, kiu mordetis iliajn vizaĝojn.

Ili sekvis la malnovan mapon, kiu kondukis ilin al kaŝita enirejo inter la rokoj. Sur la ŝtonaj muroj, gravuritaj signoj de antikvaj civilizacioj rakontis pri la longa historio de la loko. "Ĉu vi vidis tion?" demandis Anna, unu el la teamanoj, montrante al la gravuraĵoj. "Ili estas antikvaj. Eble eĉ karthagaj."

La aero ĉirkaŭ ili ŝajnis pleniĝi de stranga energio, kaj Thomas ne povis forigi la senton, ke io aŭ iu observas ilin. Malgraŭ la timiga etoso, ili decidis starigi sian bazan tendaron apud la enirejo por komenci esplori la sekvan tagon.

Dum la unua nokto, la tendaro estis plena de misteraj sonoj: sibloj kaj murmuroj, kiuj ŝajnis veni el la rokoj mem. "Ĉu vi aŭdis tion?" flustris Marc, dum ombroj dancis ĉirkaŭ ilian fajron. La nokto pasis maltrankvile, kun ĉiu el la teamo tro timigita por vere dormi.

La sekvan tagon, dum ili esploris la ĉirkaŭaĵon, Thomas malkovris kelkajn artefaktojn entombigitajn en la sablo. Ili estis klare karthagaj, ornamitaj per delikataj inskriboj kaj simboloj. "Ĉi tiuj devas konduki al io," li diris, ekscitite montrante la artefaktojn al la resto de la teamo. "Eble ili kondukas nin al la trezoro aŭ la malbeno de la legendoj."

Dum ili plu esploris, ili trovis mallarĝan pasejon inter la rokoj, preskaŭ nevideblan se ne serĉante ĝin specife. Decidinte esplori ĝin la sekvan tagon, ili ne atendis, ke subita sabla ŝtormo eksplodus ĉirkaŭ ili. La vento furioze blovis, forportante sablon kaj malkovrante pliajn antikvajn inskribojn sur la rokoj, antaŭe kaŝitajn de la tempo.

Post kiam la ŝtormo trankviliĝis, la aero estis plena je nova mistero. "Ĉi tiuj inskriboj parolas pri perdita urbo kaj malbeno," Thomas diris, dum li kaj la teamo ekzamenis la freŝe malkovritajn mesaĝojn. Ili sentis miksaĵon de timo kaj fascino, sed ilia scivolemo estis tro forta. Ili decidis sekvi la indikojn de la inskriboj, malgraŭ la danĝeroj, kiuj eble kuŝis antaŭe.

Ilia decido kondukis ilin tra malfacilaj terenoj, superante naturajn obstaklojn kaj sekrete esperante, ke ilia aŭdaco estus rekompencita per malkovroj, kiuj eltenus la teston de tempo. La legendo de Ahaggar komencis malkaŝi siajn sekretojn, kun ĉiu paŝo pli proksimen al la malpermesita enirejo kondukante ilin pli profunde en la koron de la mistero.

1. aero - air
2. artefaktojn - artifacts
3. aŭdaca - daring
4. bazan tendaron - base camp
5. civilizacioj - civilizations
6. ekspedicio - expedition
7. entombigitajn - buried
8. etoso - atmosphere
9. fascino - fascination
10. gravuraĵoj - engravings
11. inskriboj - inscriptions
12. karthagaj - Carthaginian
13. malamika - hostile
14. malpermesita - forbidden
15. montaro - mountain range
16. ombroj - shadows
17. pasagon - passage
18. pejzaĝo - landscape
19. sabla ŝtormo - sandstorm
20. tendaro - camp

La Antikvaj Inscriboj

Post kiam la sabla ŝtormo finfine trankviliĝis, la aero ĉirkaŭ la teamo de Thomas estis plena je renovigita mistero. La inskriboj, kiujn la ŝtormo malkaŝis sur la rokoj, atendis ilian scivoleman rigardon. Thomas, kun liaj manoj delikate tuŝante la antikvajn signojn, provis deĉifri la mesaĝojn, kiuj ŝajnis esti gravuritaj antaŭ miloj da jaroj.

"Ĉi tiuj parolas pri perdita urbo... kaj malbeno," Thomas flustris al sia teamo, liaj okuloj larĝe malfermitaj pro la malkovro. "Ni eble staras sur la sojlo de io grandega."

La teamo estis dividita inter timo kaj fascino. "Ĉu ni vere volas malkovri pli?" demandis Anna, ŝia voĉo iomete tremanta. Sed la scivolemo superis ilian timon, kaj ili decidis sekvi la instrukciojn gravuritajn en la rokoj.

La vojo, kiun ili elektis sekvi, estis plena je defioj. Naturaj obstakloj baris ilian vojon — akraj rokoj, abruptaj deklivoj, kaj densa vegetaĵaro, kiun ili devis tranĉi por progresi. Sed ilia persisto estis neŝanceliĝa, movita de la deziro malkovri la veron malantaŭ la inskriboj.

Iom post iom, ili trovis strukturojn, kiuj estis parte entombigitaj sub la sablo kaj ŝtonoj, kvazaŭ ili estus gardistoj de la sekretoj de la perdita urbo. Nokte, la sonoj de sovaĝaj bestoj resonis tra la malhela pejzaĝo, aldonante plian tavolon de mistero al ilia serĉado.

Dum unu el siaj esploradoj, Thomas trovis artefakton ornamitan per karthagaj simboloj. "Tio ĉi devas esti ŝlosilo," li entuziasme deklaris, observante la kompleksajn desegnojn. Kaj vere, kiam li provis uzi la artefakton ĉe certa punkto en la strukturo, mekanismo sekrete aktivigis, malkaŝante eniron al subteraj tuneloj.

"Ni devas esti ekstreme singardaj," avertis Thomas, dum ili preparis sin por eniri la malhelajn koridorojn, kiuj ŝajne kondukis rekte en la koron de la montaro.

En la tuneloj, ili malkovris mirindajn pentraĵojn sur la muroj, kiuj rakontis pri la vivo kaj tempoj de la karthaganoj. Ĉi tiuj artverkoj donis al ili fenestron al la pasinteco, ilustrante scenojn de ĉiutaga vivo, ceremonioj, kaj eble la fuĝon de la urbo antaŭ la supozata malbeno.

"Ĉi tiu vojo devas konduki nin al la kerno de la mistero," diris Marc, lia voĉo plena je antaŭsento kaj timo. La tuneloj, ŝajne senfina labirinto, promesis konduki ilin pli proksime al la respondoj, kiujn ili tiel avide serĉis.

Paŝo post paŝo, ili pliprofundigis en la sekretojn de la montaro, ĉiu nova malkovro fortigante ilian decidon malkovri la veron malantaŭ la antikvaj inskriboj kaj la legendo de la perdita urbo kaj ĝia malbeno. La vojaĝo fariĝis pli ol simpla esplorado; ĝi fariĝis vojaĝo al la nekonato, defio al ilia kuraĝo kaj persisto, dum ili serĉis respondojn en la ombroj de la pasinteco.

1. antikvaj - ancient
2. artefakton - artifact
3. deĉifri - to decipher
4. defioj - challenges
5. esplorado - exploration
6. fascino - fascination
7. gravuritaj - engraved
8. inskriboj - inscriptions
9. karthagaj - Carthaginian
10. koridorojn - corridors
11. malbeno - curse
12. malkovro - discovery
13. mistero - mystery
14. obstakloj - obstacles
15. perdita - lost
16. persisto - persistence
17. sabla ŝtormo - sandstorm
18. scivolemo - curiosity
19. strukturojn - structures
20. tuneloj - tunnels

La Perdita Urbo

Post longa marŝado tra la kompleksa labirinto de subteraj tuneloj, Thomas kaj lia teamo finfine alvenis en vastan kavernon. Ili ne povis kredi siajn okulojn: meze de la kaverno, mirinde konservita, troviĝis antikva karthaga urbo.

"Ne eblas!" ekkriis Thomas, liaj okuloj larĝigitaj pro miro. "Ĉi tio estas la perdita urbo!"

La urbo ŝajnis esti rapide forlasita, kun ĉiutagaj objektoj disĵetitaj kaj konservitaj kvazaŭ la tempo haltis. La teamo, plena je respekto al sia malkovro, komencis espiori la urbon, iliaj paŝoj resonante sur la antikvaj ŝtonaj pavimoj.

Ili baldaŭ trovis templon, kies altaro ankoraŭ havis oferaĵojn, netuŝitajn de la tempo. Sur la muroj, inskriboj avertis pri la danĝeroj de malbeno.

"Ĉu vi pensas, ke la malbeno estas reala?" demandis Anna, rigardante la avertajn signojn kun mikso de timo kaj fascino.

Thomas, kun serioza esprimo, respondis: "Mi devas malkovri la veron. Eble la sekreto de la malbeno kuŝas ie en ĉi tiu urbo."

Dum pluaj esploroj, ili malkovris skribaĵojn parolantajn pri sankta trezoro, kiu laŭdire estis la fonto de la malbeno. La teamo komencis kompreni la gravecon de sia malkovro, kaj ke ĉiu paŝo pli proksimen al la trezoro povus signifi pli grandan riskon.

Kiam la nokto falis, ili decidis resti ene de la urbo. Sed ilia dormo estis ĝenata de strangaj sonoj kaj la sento, ke io nevidebla moviĝas ĉirkaŭ ili. Thomas, troviĝante inter dormo kaj vekiĝo, havis perturbajn viziojn pri la urboanoj fuĝantaj de nevidebla minaco.

La sekvan matenon, la teamo malkovris, ke unu el ili malaperis. Paniko kaj konfuzo plenigis la aeron, ĉar ili komencis serĉi sian amikon, sed sen sukceso.

"Kio okazis al li?" demandis Marc, lia voĉo plena je zorgo.

"Ni devas esti ekstreme singardaj," respondis Thomas. "Eble la malbeno estas pli potenca ol ni kredis."

La teamo devis decidi, ĉu daŭrigi sian serĉon pri la trezoro kaj la sekretoj de la malbeno aŭ retiriĝi por savo de siaj propraj vivoj. Sed la scivolemo kaj deziro malkovri la veron puŝis ilin antaŭen, malgraŭ la danĝeroj, kiuj kuŝis antaŭ ili.

Dum ili daŭrigis sian esploron en la urbo, la mistero de la perdita membro kaj la malbeno fariĝis pli densa. Ĉiu paŝo en la antikva urbo kondukis ilin pli proksimen al la vero, sed ankaŭ pli proksimen al la nekonataj danĝeroj, kiuj minacis engluti ilin en la ombrojn de la pasinteco.

1. averti - to warn
2. entombigita - buried
3. kompleksa - complex
4. larĝigita - widened
5. malbena - cursed
6. miro - wonder
7. ofero - offering
8. perturbi - to disturb
9. sankta - sacred
10. scivolemo - curiosity
11. skribaĵo – inscription
12. ŝtona - stone-made
13. trezoro - treasure
14. tuŝi - to touch
15. vizio - vision

La Vekiĝinta Malbeno

La malapero de ilia teamano semis panikon kaj timon en la korojn de Thomas kaj liaj kunuloj. Malgraŭ la danĝeroj, Thomas insistis, ke ili devas daŭrigi. "Ni ne povas simple forlasi ĉion nun. Ni devas trovi la veron pri la malbeno," diris Thomas kun decida tono.

Ilia serĉado kondukis ilin al kaŝita trezorejo malantaŭ la templo, plena je oro kaj juveloj, sed kun malbonaŭgura atmosfero. Ĉirkaŭ la trezoro, statuoj kun esprimoj de teruro sur iliaj vizaĝoj staris kvazaŭ silentaj atestantoj al la hororoj, kiujn ili vidis. "Ĉu vi vidas tion? Ĉi tiuj statuoj ŝajnas teruritaj," diris Anna, ŝia voĉo tremanta.

Dum ili esploris plu, ili aŭdis senvoĉajn plorojn kaj petegojn el la muroj, kreante atmosferon plenigitan de malespero kaj maltrankvilo. "Ĉi tio ne estas normala. Ĉi tiu loko estas malbenita," flustris Marc, rigardante ĉirkaŭen kun kreskanta maltrankvilo.

Ili malkovris taglibrojn de la lastaj karthaganoj, kiuj rakontis pri ilia batalo kontraŭ malbona ento. La skribaĵoj malkaŝis, ke la malbeno estis intencita por protekti la trezoron kontraŭ avidaj okuloj. "Ni ne devus tuŝi ĉi tion. La malbeno estas reala, kaj ĝi protektas ĉi tiun trezoron," konkludis Thomas, lia voĉo plena de seriozeco.

Decidinte, ke la risko estas tro granda, la teamo elektis forlasi la trezoron kaj eliri el la urbo. Sed dum ili provis foriri, ili estis persekutitaj de minacaj ombroj, kiuj ŝajnis voli malhelpi ilian eskapon. Kun granda malfacileco kaj rapideco, ili sukcesis eskapi de la ombroj kaj eliri el la tuneloj, ĝustatempe antaŭ ol la enirejo subite fermiĝis malantaŭ ili, kvazaŭ por malhelpi iun reveni.

Starante ekstere, spirante peze post la fuĝo, Thomas faris promeson. "Ni devas sigeli la enirejon. Neniu devas denove riski sian vivon pro ĉi tiu malbeno," li diris firme, decidita malhelpi plian kuriozecon kaj avidon alporti pli da sufero.

La teamo, kvankam seniluziigita, ke ili devis forlasi la trezoron, konsentis kun Thomas. Ili komprenis, ke kelkaj sekretoj devas resti kaŝitaj, kaj ke la vero pri la malbeno estis tro danĝera por esti malkaŝita. Ili forlasis la perditan urbon, portante kun si nur siajn memorojn kaj la firman konvinkon, ke iuj misteroj estas tro potencaj kaj danĝeraj por esti esploritaj. La vekiĝinta malbeno restis malantaŭe, kovrita de la sekretoj de la antikva urbo, atendante la sekvan malkuraĝan aŭ aŭdacan animon, kiu aŭdacos defii ĝiajn limojn.

1. Atmosfero - atmosphere
2. Avidaj - greedy
3. Danĝeroj - dangers
4. Decida - decisive
5. Ento - entity
6. Esplori - to explore
7. Karthaganoj - Carthaginians
8. Kunuloj - companions
9. Malapero - disappearance
10. Malbeno - curse

11. Malespero - despair
12. Maltrankvilo - anxiety
13. Minacaj - threatening
14. Ombroj - shadows
15. Trezorejo - treasury

La Malfacila Reveno

Post siaj teruraj spertoj en la perdita urbo, Thomas kaj lia teamo, elĉerpitaj kaj timigitaj, revenis al sia baza tendaro. La bildoj kaj sonoj de tio, kion ili travivis, persekutis ilin, igante la noktojn plenajn de senĉesaj koŝmaroj.

Dum ilia lasta vespero ĉe la tendaro, Thomas prenis sian taglibron kaj komencis dokumenti ĉion, kion ili malkovris, kvankam li dubis, ke iu iam kredos ilian rakonton. "Kiu povus imagi tiajn aferojn?" li diris al sia teamo, dum ili preparis sin por la longa vojaĝo hejmen.

La lokaj triboj, kiuj akceptis ilin kun malfermitaj brakoj antaŭ la ekspedicio, nun rigardis ilin kun mikso de malfido kaj timo. "Ili sentas ion," flustris Anna, observante iliajn gastigantojn.

Dum ilia reveno, stranga serio de malfacilaĵoj komencis okazi. Ilia ekipaĵo ofte paneis sen klara kialo, kaj subitaj malsanoj frapis kelkajn membrojn de la teamo. "Ĉu la malbeno sekvas nin?" demandis Marc, rigardante Thomas kun zorgoplena mieno.

"Mi ne scias," respondis Thomas, "sed ni devas certigi, ke ĉi tiu sekreto restu kaŝita."

Fine, ili atingis la randojn de civilizacio, sentante sin tute malsamaj ol kiam ili unue ekiris sur sian vojaĝon. La mondo ĉirkaŭ ili ŝajnis nekonata kaj stranga, kvazaŭ ili ne plu apartenus al ĝi.

Thomas decidis publikigi nur vagan raporton pri iliaj malkovroj, intence lasante for la detalojn pri la trezoro kaj la malbeno. La publika reago estis tuj pozitiva, kun homoj tutmonde celebrantaj ilian "grandan sukceson".

Sed kiam ofertoj alvenis, petante ilin reveni al Ahaggar por plia esplorado, Thomas firme rifuzis. "Ni jam vidis sufiĉe," li diris al sia teamo. "Kio estas tie, devas resti kaŝita por la bono de ĉiuj."

Li komprenis la pezon de la sekreto, kiun ili portis, kaj la danĝerojn, kiujn ĝi reprezentis. Protekti la mondon kontraŭ la veraj hororoj de la perdita urbo fariĝis lia silenta promeso, promeso kiu pezis sur li pli ol iu ajn trezoro.

Thomas kaj lia teamo disiĝis, ĉiu kun sia propra pezo de memoroj kaj sekretoj. Ili revenis al siaj kutimaj vivoj, sed neniu el ili estis la sama. La spertoj en la profundo de la Ahaggar-montoj ŝanĝis ilin por ĉiam, lasante ilin kun la scio, ke kelkaj misteroj estas tro danĝeraj por esti malkovritaj, kaj kelkaj sekretoj estas destinitaj resti entombigitaj en la sabloj de tempo.

1. Baza - basic
2. Civilizacio - civilization
3. Dokumenti - to document
4. Ekipaĵo - equipment
5. Elĉerpita - exhausted
6. Entombigita - buried
7. Koŝmaro - nightmare
8. Malfacilaĵo - difficulty
9. Malfido - distrust
10. Malsano - disease
11. Panei - to fail
12. Persekuti - to haunt
13. Rando - edge
14. Sperto - experience
15. Timigita - frightened

La Silenta Parizo

La Malplena Stacio

Ĉiutage, s-ro Charpentier uzas la parizan metroon por iri al sia laboro. Sed unu tagon, post kiam li eliris ĉe sia kutima haltejo, io estis nekutima. La trajno forveturis, kaj subite, la stacio, kiu kutime estis plena de homoj, estis tute malplena.

"Kio okazas ĉi tie?" li demandis al si, sentante kreskantan maltrankvilon.

Li ekiris al la elirejo, sed la silento estis sufoka. Ne estis aŭdebla eĉ unu paŝo; nur la afiŝoj sur la muroj ŝajnis observi lin dum li rapidis.

"Ĉu estas iu?" li vokis, sed neniu respondis. La rulŝtuparoj, kutime bruaj kaj plenaj de movo, nun staris silentaj kaj senmovaj.

Kiam li finfine atingis la surfacon, lia espero renaskiĝis, nur por esti tuj detruita. La stratoj de Parizo, kiuj kutime zumis de la vivo de la urbo, estis tute dezertaj. Ne estis aŭtoj, ne estis homoj, absolute nenio.

Friga vento blovis tra la malplenaj avenuoj, vekante demandon en la menso de s-ro Charpentier: "Ĉu mi sonĝas, aŭ ĉu io nekomprenebla vere okazis?"

Li komencis marŝi tra la stratoj, serĉante signon de vivo, ian klarigon por la subita malapero de ĉiuj. Sed ĉiu paŝo nur pliprofundigis la misteron kaj lian timon.

"Ĉi tio ne povas esti vera," li murmuris al si, tremante ne nur pro la malvarmo, sed ankaŭ pro la kreskanta timo. "Kio okazis al ĉiuj? Kie estas ili?"

Li daŭrigis sian senfruktan serĉon tra la silenta urbo, demandante al si ĉu li iam malkovros, kio kaŭzis ĉi tiun surrealan situacion. La respondoj ŝajnis same evitaj kiel la homoj mem, lasante s-ron Charpentier en mondo, kiu ŝajnis forgesita de la tempo kaj ĝiaj loĝantoj.

1. Afiŝoj - posters
2. Aŭdebla - audible
3. Avenuoj - avenues
4. Dezertaj - deserted
5. Elirejo - exit
6. Friga - cold
7. Haltejo - stop, station
8. Klarigo - explanation
9. Malapero - disappearance
10. Malplena - empty
11. Maltrankvilo - anxiety
12. Mistero - mystery
13. Premanta - oppressive
14. Ruliŝtuparoj - escalators
15. Surreala - surreal

La Silenta Urbo

S-ro Charpentier marŝas sole tra la silente senhomaj stratoj de Parizo. Ĉiu vendejo kaj kafejo estas fermita, kaj neniu lumo brilas en la fenestroj de la apartamentoj. Li provas voki, sed lia voĉo perdiĝas en la vasta silento; neniu eĥo respondas.

Sentiĝante pli kaj pli izolita, li elprenas sian telefonon, esperante ke eble iu novaĵservo aŭ mesaĝo povas klarigi la situacion. Sed la ekrano montras neniun signalon, kvazaŭ la tuta mondo forgesis lin.

Dum li alproksimiĝas al la Sejno, esperante trovi iun signon de vivo, la rivero fluas trankvile, senatente pri lia ĉeesto. Nur la flugantaj birdoj super li montras, ke vivo ankoraŭ ekzistas ie en ĉi tiu silenta mondo.

"Mi devas iri al la Eifel-Turo," li decidas, kredante ke ĝi, kiel fama simbolo, ne povas esti forlasita.

Sed kiam li atingas la monumenton, ĝi staras same izolita kaj senhoma kiel la resto de la urbo. La sento de soleco kaj izoliĝo nun estas neeltenebla.

"Ĉu okazis iu katastrofo? Kial mi estas la sola ĉi tie?" li demandas al si, dum la timo kreskas en lia koro.

Kiam la mallumo falas kaj envolvas la urbon en ombrojn, Parizo ŝajnas eĉ pli fremda kaj minaca. La nokto alportas novan tavolon de teruro al la jam senkonsola situacio.

S-ro Charpentier, nun plene kaptita de timo kaj nesciateco, marŝas sen celo tra la mallumaj stratoj, serĉante iun ajn signon de klarigo aŭ eĉ espero. Sed la silento nur plifortiĝas, kaj la soleco fariĝas preskaŭ palpebla.

Li haltas kaj rigardas la ĉielon, demandante al si ĉu li iam malkovros kio okazis al la urbo, kiun li iam konis kiel plenan de vivo kaj movado. La silento de la urbo estas kvazaŭ peza mantelo, premanta sur liajn ŝultrojn kaj igante ĉiun paŝon pli malfacila.

Ĉi tiu nokto en Parizo, nun plene kaptita en senluman kaj silentan prizonon, markas la komencon de s-ro Charpentier's serĉado por respondoj, eble eĉ por savo. Sed la vojo antaŭ li ŝajnas same nekonata kaj minaca kiel la ombroj, kiuj nun moviĝas neklarigeble ĉirkaŭ li en la malhelo.

1. Ĉielo - sky
2. Ekrano - screen
3. Eltenebla - bearable
4. Envolvi - to wrap
5. Fremda - strange, foreign
6. Izoliĝo - isolation
7. Katastrofo - catastrophe
8. Mallumo - darkness
9. Mantelo - cloak, coat
10. Minaca - threatening
11. Neklarigeble - inexplicably
12. Nesigereco - insecurity
13. Perdiĝi - to get lost, to vanish
14. Senhoma - uninhabited, deserted
15. Senluma - without light

Serĉado de Respondoj

Decidita malkovri kio okazis al la urbo, s-ro Charpentier komencis serĉi iujn ajn indicojn, kiuj povus klarigi la subitan malaperon de ĉiuj. Li iris al malfermita gazetbudo, esperante trovi freŝajn informojn.

Rigardante tra la amaso da ĵurnaloj, li rimarkis, ke ĉiuj datiĝis de la tago antaŭe. Stranga afero estis, ke ne estis mencioj pri iu ajn katastrofo aŭ speciala evento. "Kiel eblas, ke nenio estas raportita?" li murmuris al si, pli konfuzita ol iam ajn.

Poste, li decidis viziti policstacion, esperante trovi iun aŭtoritaton aŭ almenaŭ iun indicon pri tio, kio okazis. Sed la stacio estis same dezerta kiel la resto de la urbo, kun paperoj disĵetitaj ĉie kaj radio, kiu nur elsendis statikan bruon.

"Ĉu vere neniu restas?" li demandis al la silento, sentante kiel lia espero malpliiĝas.

Ne volante rezigni, s-ro Charpentier reiris al la metroo, pensante, ke eble li maltrafis ion dum sia unua vizito. Sed la sceno restis neŝanĝita: silentaj, senmovaj trajnoj kaj malplenaj platformoj.

Dum li vagadis de stacio al stacio, lia atento estis kaptita de malnova taglibro lasita sur benko. La skribaĵoj en ĝi parolis pri strangaj sonĝoj, kiujn ŝajne dividis la tuta urbo — sonĝoj plenaj de ombroj kaj malklaraj timoj. La lasta enskribo menciis kreskantan teruron, sed finiĝis subite.

"Tio ne povas esti koincido," li pripensis, sentante subite ligan fadenon inter la sonĝoj kaj la malapero de la homoj. "Ĉu eblas, ke ĉi tiuj sonĝoj estas ŝlosilo al kompreni kion okazis ĉi tie?"

Sed kiel li povus sekvi tiun ŝajne nesekveblan indicon? Li staris sola en la subtera malhelo, kun neniu alia al kiu turniĝi, kaj nur la vortoj de nekonato en taglibro kiel ebla gvidilo.

Decidita plu esplori kaj konekti la punktojn, s-ro Charpentier tenis la taglibron kiel ŝildon kontraŭ la kreskanta senespero. Li sciis, ke la respondoj al la mistero kuŝas ie en la ombroj de la urbo, kaj li estis preta malkovri ilin, kostu kion ĝi kostos. Sed la vojo antaŭen estis nebula, kaj la sola certeco estis la silento, kiu nun estis lia konstanta kunulo en ĉi tiu serĉado de la vero.

1. Aŭtoritato - authority
2. Ĉeesto - presence
3. Datigi - to date
4. Dezerta - deserted
5. Elsendi - to broadcast
6. Enskribo - entry (in a diary)
7. Gazetbudo - newsstand
8. Indico - clue, evidence
9. Koincido - coincidence
10. Malapero - disappearance
11. Malklaraj - unclear, vague
12. Malpliiĝi - to diminish, decrease
13. Nebula - foggy, unclear
14. Senespero - despair
15. Statika bruo - static noise

La Ombroj de la Nokto

La nokto falis sur Parizo kun nekutima denseco, lasante s-ron Charpentier sen loko por iri. Dum li marŝis tra la malplenaj stratoj, li aŭdis brueton, kiu sonis kiel paŝoj malantaŭ li. Turniĝante, li trovis nenion; nur la ombroj ludis sur la muroj en strangaj, preskaŭ vivantaj formoj.

Serĉante rifuĝon kontraŭ la malvarmo kaj la kreskanta sento de maltrankvilo, li trovis malfermitan preĝejon. Enirinte, li rimarkis kelkajn brulantajn kandelojn — klara signo, ke iu estis ĉi tie ne tro longe antaŭe. Li decidis pasigi la nokton tie, esperante trovi iom da paco.

Sed paco estis malfacile trovebla. Dum la nokto, murmuroj plenigis la aeron, ŝajne venante el la ombraj anguloj de la granda konstruaĵo. Malgraŭ la evidenta soleco, s-ro Charpentier ne povis forigi la senton, ke iu, aŭ io, ĉeestas kun li.

Kun la unuaj radioj de la sunleviĝo, li eliris el la preĝejo, nun pli ol iam antaŭe determinita malkovri la veron malantaŭ la silenta urbo kaj la misteraj ombroj, kiuj ŝajne ludis kun lia menso.

Decidinte, ke lia hejmo povus oferti iujn respondojn, li revenis kaj trovis ĝin ĝuste kiel li lasis ĝin — ordinara kaj trankvila, sed nun tute tro silenta. Rigardante malnovan foton de si kun amikoj, li demandis al si, kie ili ĉiuj povus esti.

Starante antaŭ spegulo, li sentis glacion trairi lin kiam li rimarkis, ke lia propra reflekto estis nebula, kvazaŭ li mem estis iel malpli reala ol antaŭe. Tiu stranga vido nur pliigis lian senton de izoliĝo.

Subite, li aŭdis murmurojn venantajn el la direkto de la salono. Singardeme kaj kun koro batanta rapide, li alproksimiĝis, provante lokalizi la fonton de la murmuroj, kiuj nun ŝajnis alvoki lin, gvidante lin al nekonata celo ene de sia propra hejmo.

Ĉi tiu ĉapitro malfermas pli da misteroj ol ĝi solvas, puŝante s-ron Charpentier — kaj la leganton — pli profunden en la reton de sekretoj kaj ombroj, kiuj ŝajnas engluti la urbon de lumo, lasante pli da demandoj ol respondoj en sia vojo al malkovro.

1. Aero - air
2. Bruegi - to make noise
3. Denseco - density
4. Eklezio - church
5. Glacio - ice, chill
6. Kandelo - candle
7. Ludi - to play (here referring to shadows)
8. Maltrankvilo - anxiety
9. Murmuro - murmur, whisper
10. Nebula - blurry, nebulous
11. Paco - peace
12. Reflekto - reflection
13. Rifuĝo - refuge, shelter
14. Singardeme - cautiously

Malkaŝoj

S-ro Charpentier sekvis la murmurojn tra sia domo ĝis li atingis la salonon, kie la voĉoj ŝajnis veni de malnova radio. Kun iom da hezito, li ŝaltis la radion, kaj tuj, malforta voĉo plenigis la ĉambron, parolante pri eksperimento. "Ĉi tiu eksperimento celis manipuli tempon kaj spacon," la voĉo komencis, ĝia tono serioza kaj plena je bedaŭro. "Sed io terure misaĝis, kaj ni kreis tempan bobelon ĉirkaŭ Parizo."

S-ro Charpentier rigidiĝis, lia koro batis laŭte kontraŭ lia brusto. "Ĉu mi estas kaptita en tiu bobelo?" li flustris al si, la realigo frapante lin kun plena forto.

La voĉo en la radio daŭrigis, "Nia teamo nun laboras por korekti la eraron. Estas loko en la urbo, kie vi povas esti savita. Vi devas atingi ĝin antaŭ la sunleviĝo."

Kun nova celo, s-ro Charpentier rapidis el sia domo, sentante la ombrojn ĉirkaŭ si nun kiel gvidantojn anstataŭ minacojn. Li kuris tra la stratoj, gvidata de la misteraj ombroj, ĉiu paŝo portante lin pli proksimen al sia savo.

Kiam la unuaj signoj de la sunleviĝo tuŝis la ĉielon, li atingis la indikitan punkton, kaj subite, brila lumo ĉirkaŭis lin. Li sentis sin esti tirata, ĉi-foje ne en la maltrankvilon de soleco, sed al espero kaj libereco.

Kaj tiam, tiel subite kiel ĉio komenciĝis, ĝi finiĝis. Li malfermis siajn okulojn por trovi sin ree en la metrostacio, ĉirkaŭita de la kutima matena homamaso. Ĉio ŝajnis normala, kvazaŭ neniu el lia aventuro iam okazis. Sed kiam li rigardis malsupren al la taglibro, kiun li ankoraŭ firme tenis, li sciis, ke ĉio estis reala.

"S-ro, ĉu vi bonfartas?" demandis preterpasanto, rimarkante lian konfuzitan esprimon.

S-ro Charpentier rigardis ĉirkaŭen, la realeco de sia nekredebla vojaĝo ankoraŭ freŝa en lia menso. "Jes, mi estas... Mi nur havis la plej strangajn sonĝojn," li respondis, ĉirkaŭrigardante la tutkonatan sed nun misterplenan stacion.

Li sciis, ke li revenis al sia mondo, sed la aventuro kaj la sekretoj, kiujn li malkovris, ĉiam restos kun li, kiel silenta atesto al la nekredeblaj eventoj, kiujn nur li spertis. La taglibro en lia mano estis la sola fizika pruvo de lia vojaĝo tra tempo kaj spaco, momento kaptita inter la realo kaj la neebla.

1. Aventuro - adventure
2. Bobelo - bubble
3. Ĉambro - room
4. Eksperimento - experiment
5. Espero - hope
6. Frosti - to freeze (figuratively, to be shocked or startled)
7. Gvidanto - guide
8. Hezito - hesitation
9. Indikita - indicated, specified
10. Korekti - to correct
11. Malĝusti - to go wrong
12. Minaco - threat
13. Murmuro - murmur
14. Realigo - realization
15. Savo - salvation, rescue

Malkaŝoj en la Ombroj

Maltrankviligaj Malkovroj

Frédéric, kuracisto en psikiatria hospitalo, dediĉis sian vivon al helpado de siaj pacientoj. Sed unu tagon, li rimarkis, ke unu el liaj pacientoj malaperis sen ia klarigo. Liaj kolegoj ŝajnis same konfuzitaj, kaj neniu povis doni respondon pri la subita malapero.

Komencante diskretan enketon, Frédéric malkovris, ke tio ne estis izolita okazaĵo. Dosieroj de aliaj malaperintaj pacientoj amasiĝis, ĉiuj kun simila sorto, kaj neniam solvitaj. "Io ĉi tie ne kongruas," li diris al si, sentante kreskantan maltrankvilon.

Li decidis alfronti la direktoron de la hospitalo, esperante ke li povus doni iujn klarigojn. Tamen, la direktoro agis nervoze kaj evitis liajn demandojn, farante Frédéric pli suspektema.

"Mi devas trovi, kion ili kaŝas ĉi tie," li decidis, plifortigante sian determinon malkovri la veron.

Dum lia serĉado, Frédéric trovis ŝlositan pordon en la subetaĝo de la hospitalo, kiu ne estis menciita en iuj ajn konstruaj planoj. "Kio povus esti tiel sekreta, ke ĝi devas esti kaŝita malantaŭ ŝlosita pordo?" li demandis al si.

Senhezite, li decidis, ke li devas malkovri, kio kaŝiĝas malantaŭ tiu mistera pordo. La decido kondukis lin al vojo plena je danĝeroj kaj malkovroj, kiuj povus ŝanĝi ĉion, kion li sciis pri sia laboro kaj la mondo ĉirkaŭ li.

Dum li preparis sin por la malkovro, li ne povis eviti senti miksaĵon de timo kaj ekscito. Kio ajn estis malantaŭ tiu pordo, Frédéric sciis, ke lia vivo ne estos la sama post kiam li malkovros ĝian sekreton. Sed la bezono por respondoj kaj justeco por la malaperintaj pacientoj puŝis lin antaŭen, preta alfronti kion ajn li trovos en la ombroj de la hospitalo.

1. Amasiĝi - to accumulate
2. Ĉirkaŭi - to surround
3. Dediĉi - to dedicate

4. Determino - determination
5. Diskreta - discreet
6. Ekscito - excitement
7. Enketo - inquiry, investigation
8. Eviti - to avoid
9. Justeco - justice
10. Klarigo - explanation
11. Konfuzita - confused
12. Malaperi - to disappear
13. Malkovro - discovery
14. Nervozeco - nervousness
15. Suspektema - suspicious

La Sekreta Pordo

Frédéric intensigis sian serĉon por trovi la ŝlosilon de la sekreta pordo. Li delikate pridemandis la flegistojn, kiuj montris evidentan heziton kaj maltrankvilon pri la afero. "Mi vere bezonas vian helpon," li diris al ili, sed iliaj respondoj restis malklaraj kaj evitaj.

Unu nokton, plena de determino, Frédéric eniris la oficejon de la direktoro kaj, post kelkaj momentoj da serĉado, li finfine trovis la ŝlosilon. Kun la koro batante en liaj oreloj, li alproksimiĝis al la sekreta pordo kaj malŝlosis ĝin.

Malantaŭ la pordo etendiĝis malhela kaj malvarma koridoro. Strangaj bruoj plenigis la aeron, donante al Frédéric profundan senton de maltrankvilo. Dum li marŝis pli profunden, li malkovris dosierojn pri la malaperintaj pacientoj. La notoj en la dosieroj estis plenaj de kriptaĵoj kaj aludoj al neaŭtorizitaj kaj danĝeraj eksperimentoj faritaj sur pacientoj.

Horo post horo, la hororo kreskis dum li legis pri la sorto de tiuj senkulpaj homoj. Li ne povis kredi, ke tia maljusteco okazis sub lia nazo. "Tio estas abomena," li flustris al si, sentante miksaĵon de kolero kaj timo.

Subite, li aŭdis paŝojn malantaŭ si. Turniĝante, li vidis la direktorojn, kies vizaĝo estis tordita de kolero kaj maltrankvilo. "Kion vi pensas, ke vi faras?" la direktoro kriegis.

Senpense, Frédéric ekkuris, tenante la dosierojn firme kontraŭ sia brusto. Li sciis, ke nun li havis ne nur la scion sed ankaŭ la pruvojn pri la terurâĵoj okazintaj en la hospitalo. Li devis agi, li devis certigi, ke ĉi tiu maljusteco estu malkaŝita.

Kurante tra la koridoroj de la hospitalo, kun la direktoro postkuranta lin, Frédéric sciis, ke lia vivo neniam estos la sama. Sed la bezono protekti siajn pacientojn kaj eksponi la veron superis lian propran timon.

"Atendu, ĉio ĉi finiĝos," li promesis al si, dum li eskapis en la nokton, determinita malkaŝi la hororojn kaj savi la restantajn pacientojn de plua sufero. La sekreta pordo, nun malfermita, simbolis ne nur la fizikan baron, kiun li superis, sed ankaŭ la moralan kaj etikan batalon, kiun li nun devis alfronti.

1. Abomena - abominable, detestable
2. Alŝalti - to turn on, to switch on
3. Batoj - beats (of the heart)
4. Determino - determination
5. Eksperimentoj - experiments
6. Eskapi - to escape
7. Hezito - hesitation
8. Koridoro - corridor
9. Kriptaĵoj - cryptic messages, ciphers
10. Maltrankvilo - unease, anxiety
11. Malkaŝi - to reveal, to uncover
12. Malŝlosi - to unlock
13. Nekulpaj - innocent
14. Pridemandi - to interrogate, to question
15. Ŝlosilo - key

La Konfrontiĝo

Frédéric, kun la dosieroj firme en mano, alfrontis la direktoron en lia oficejo. "Mi scias pri la eksperimentoj. Mi havas la pruvojn," li diris, metante la dosierojn sur la skribotablon. La direktoro, paligita sed ankoraŭ kun defia mieno, tuj neis ĉion. "Vi ne havas ideon pri kio vi parolas," li rebatis, provante ŝajnigi fidon.

"Sed mi ja havas," Frédéric insistis. "Kaj mi iros al la polico, se necesas." Tiam la direktoro, sentante la premon, proponis interkonsenton por aĉeti la silenton de Frédéric, promesante al li avantaĝojn kaj eble eĉ promocion. Sed Frédéric ne hezitis. "Mi rifuzas viajn proponojn. La vero devas esti malkaŝita," li deklaris firme.

Sciante, ke li bezonas pli da subteno, Frédéric kontaktis amikon, kiu laboras kiel ĵurnalisto. Ili laboris kune, preparante detalan artikolon pri la okazaĵoj en la hospitalo. Dum la preparo de la artikolo, la direktoro provis timigi Frédéric per diversaj taktikoj, inkluzive de anonimaj minacoj. Sed Frédéric, kvankam timigita, restis neŝanceliĝa en sia determino.

Post kelkaj tagoj de intensa laboro kaj maltrankvilo, la artikolo finfine estis publikigita, malkaŝante la ŝokajn detalojn de la neleĝaj eksperimentoj kaj la malapero de la pacientoj. La publiko estis profunde skuita de la malkaŝoj, kaj postuloj por oficiala enketo rapide sekvis.

La direktoro estis suspendita dum la enketo, kaj multaj aliaj dungitoj de la hospitalo estis pridemanditaj. La premo de la publiko kaj la evidentaj pruvoj prezentitaj en la artikolo certigis, ke justeco estos serĉata.

Frédéric, kvankam maltrankvila pri la eblaj sekvoj de siaj agoj, sentis profundan kontenton pro sia kuraĝo stari por tio, kion li kredis justa. Li sciis, ke la vojo antaŭen povus esti malfacila, sed la subteno de siaj amikoj kaj la dankemo de multaj, kiujn li helpis, donis al li la forton daŭrigi.

La konfrontiĝo kun la direktoro ne nur malkaŝis la veron pri la malbonaj agoj okazintaj en la hospitalo, sed ankaŭ markis la komencon de nova ĉapitro por Frédéric, unu en kiu li ludus centran rolon en la reformado de la institucio kaj en la protektado de la rajtoj kaj bonfarto de siaj pacientoj.

1. Artikolo - article
2. Avantaĝo - advantage
3. Ĉapitro - chapter
4. Defio - defiance
5. Determi - to determine, resolve
6. Eksperimento - experiment
7. Enketo - inquiry, investigation
8. Intensa - intense
9. Konfrontiĝo - confrontation
10. Maltrankvilo - anxiety, unease
11. Minaco - threat
12. Paligita - pale(d)
13. Promocio - promotion
14. Pruvo - proof, evidence
15. Reformado - reforming, reform

La Sekvoj

Post kiam la skandalo estis plene malkaŝita, la enketo rapide progresis, rivelante la plenan amplekson de la neaŭtorizitaj eksperimentoj, kiuj okazis en la ombroj de la hospitalo. Multaj el la implikitaj dungitoj estis arestitaj, kaj la hospitalo estis metita sub registarajn administradon por certigi, ke tiaj maljustaĵoj neniam plu okazu.

La familioj de la viktimoj fine estis informitaj pri tio, kio vere okazis al iliaj karuloj, kaj kvankam nenio povis plene kompensi ilian perdon, la vero alportis ian mezuron de fermo. Frédéric fariĝis heroo en la okuloj de multaj, kvankam li mem sentis miksitan senton de trankvilo kaj malĝojo pro la eventoj.

La pacientoj de la hospitalo nun ricevis la taŭgan zorgon, kaj Frédéric decidis resti kaj helpi gvidi la institucion tra ĝia transformo. Sub lia influo, la hospitalo iĝis modelo de psikiatria traktado, starigante novajn normojn por pacientzorgo kaj etiko.

Frédéric ricevis multajn leterojn de danko de tiuj, kiujn li helpis, kaj de aliaj en la komunumo, kiuj aŭdis pri lia kuraĝo. Li dediĉis sin al la prevento de misuzo kaj certigis, ke la sekreta pordo—la simbolo de la malhela periodo de la hospitalo—estis fermita kaj neniam plu uzita.

Li laboris senĉese por certigi, ke la historio de la hospitalo neniam ripetiĝu, establante striktajn protokolojn kaj etikajn gvidliniojn por ĉiuj traktadoj kaj esploroj. La sekreta pordo estis murita, signo de la definitiva fino de la malhela ĉapitro en la historio de la hospitalo.

Malgraŭ la defioj kaj la doloro, kiun li spertis, Frédéric trovis pacon en la scio, ke li faris signifan diferencon en la vivoj de multaj homoj. Lia persisto kaj kuraĝo ne nur savis nunajn kaj estontajn pacientojn de sufero, sed ankaŭ helpis reformi la tutan institucion, certigante, ke ĝi nun estis loko de espero kaj resaniĝo.

La transformo de la hospitalo estis atesto al la forto de unu homo decidita agi kontraŭ maljusteco. Frédéric rigardis antaŭen al sia laboro, sciante, ke kvankam la vojo estis malfacila, li vere faris pozitivan ŝanĝon en la mondo.

1. Administrado - administration
2. Amplekso - scope, extent
3. Aresti - to arrest
4. Defio - challenge
5. Dungito - employee
6. Enketo - investigation
7. Fermeco - closure
8. Gvidlinio - guideline
9. Heroo - hero
10. Implikita - involved
11. Maljustaĵo - injustice
12. Murita - walled up, sealed
13. Prevento - prevention
14. Protokolo - protocol
15. Soulleviĝo - relief

Nova Komenco

Jaron post la dramaj eventoj, la hospitalo spertis radikalan ŝanĝon. Frédéric, nun direktoro, dediĉis sin al la kreado de nova epoko de travidebleco kaj sekureco por ĉiuj—pacientoj kaj dungitoj same.

Sub lia gvidado, estis enkondukitaj politikoj, kiuj certigis, ke ĉiu en la hospitalo sentu sin sekura kaj respektata. "Ni devas lerni de la pasinteco kaj konstrui pli bonan estontecon," li ofte diris dum renkontiĝoj kun sia teamo.

Frédéric ankaŭ iniciatis subtenprogramojn por la viktimoj de la eksperimentoj, provizante ilin per la necesa helpo kaj subteno por ilia resaniĝo. La hospitalo ricevis subvenciojn por plibonigi siajn instalaĵojn, farante ĝin unu el la plej modernaj psikiatriaj zorgejoj en la lando.

Kiel rekonon de sia kuraĝo kaj dediĉo, Frédéric estis invitita doni prelegojn pri medicina etiko ĉe diversaj konferencoj tra la mondo. Liaj spertoj kaj la lecionoj, kiujn li lernis, inspiris multajn aliajn en la medicina komunumo alpreni similajn principojn.

La familioj de la malaperintaj pacientoj trovis iom da konsolo en la ŝanĝoj faritaj en la hospitalo, kaj Frédéric zorgis, ke memorejo estu starigita por honori ilian memoron. "Ĉi tiu memorejo servos kiel eterna memorigilo pri la graveco de respekto kaj digno en ĉiu aspekto de nia laboro," li diris dum la malferma ceremonio.

Nova kulturo de zorgo kaj respekto enradikiĝis en la hospitalo, transformante ĝin en veran rifuĝejon por tiuj, kiuj bezonis helpon. Frédéric persone zorgis pri la bonfarto de ĉiu paciento, certigante, ke la eraroj de la pasinteco neniam ripetiĝu.

En la mezo de ĉi tiu renesanco, Frédéric ankaŭ trovis personan feliĉon, renkontante amon en la plej neatenditaj cirkonstancoj. "Eĉ en la plej malluma kaoso, povas esti trovita lumo," li mallaŭte konfesis al sia partnero.

Nun, rigardante al la estonteco kun espero kaj determino, Frédéric estis preta alfronti ajnajn novajn defiojn, kiuj povus prezentiĝi. Li sciis, ke la vojo antaŭen ne ĉiam estos facila, sed li ankaŭ sciis, ke kun fidela teamo kaj komunumo ĉe sia flanko, ili povus superi ĉion.

La hospitalo, iam loko de timo kaj mistero, nun staris kiel lumturo de espero, simbolo de tio, kio povas esti atingita kiam unu homo kuraĝas stari kontraŭ maljusteco kaj labori por vera ŝanĝo.

1. Dediĉi - to dedicate
2. Eksperimentoj - experiments
3. Enkonduki - to introduce
4. Etiko - ethics
5. Fidela - faithful, loyal
6. Instalaĵoj - facilities
7. Konsolo - consolation
8. Kuraĝo - courage
9. Lerni - to learn
10. Memorejo - memorial
11. Pasinteco - past
12. Politikoj - policies
13. Resaniĝo - recovery

Misteroj de la Kosma Lanĉo

Sombra Komenco

Tomaso laboras kiel esploristo en la densa kaj misterplena ĝangalo de Franca Gviano. Lia laborejo estas ĉe kosmodromo, kie oni preparas por sekreta lanĉo de satelito. Dum la lastaj tagoj, bruoj kaj onidiroj pri mistera projekto disvastiĝis inter la laboristoj, kreskigante atmosferon de mistero kaj anticipa atendo.

Unu matenon, dum Tomaso faras siajn kutimajn taskojn, li rimarkas ion nekutiman: kriptajn mesaĝojn lasitajn sur lia skribotablo. Li gratas sian frunton, ne komprenante ilian signifon, sed li intuicias, ke ili devas esti gravaj.

"Kio estas ĉi tiuj?" li demandas sin, rigardante la strangajn simbolojn kaj numerojn.

Tiun saman nokton, Tomaso kaj kelkaj el liaj kolegoj rimarkas nekutimajn lumojn kaj moviĝantajn figurojn en la malproksimo de la ĝangalo. La sceno estas tiel nekutima, ke ili decidas esplori ĝin la sekvan tagon.

"Eble ni trovos ion, kio klarigos la mesaĝojn," sugestas unu el la kolegoj, Petro.

Ili ekipiĝas per lumiloj kaj mapoj kaj eniras la densan ĝangalon. Post horoj da marŝado, ili malkovras kaŝitan kampon kun stranga, nekonata ekipaĵo.

"Kio povas esti ĉi tiu loko?" demandas Tomaso, rigardante ĉirkaŭen kun miksitaj sentoj de scivolemo kaj timo.

Subite, bruoj kaptas ilian atenton. Ili sonas kiel paŝoj... aŭ io moviĝanta tra la foliaro. La grupo haltas, koroj batantaj rapide.

"Ĉu vi aŭdas tion?" flustras Ana, alia esploristo.

Ili decidas ne resti por malkovri la fonton de la bruoj kaj rapide revenas al la kosmodromo, ankoraŭ pli deciditaj malkovri la veron malantaŭ la sekreta projekto kaj la malapero de la sciencisto.

La sekvan tagon, dum ili rakontas siajn spertojn al aliaj laboristoj, la atmosfero en la kosmodromo fariĝas eĉ pli streĉa. La mistero nur plifortiĝas, kaj Tomaso scias, ke li devas fari pli por malkovri, kio vere okazas.

"Ni devas esplori plu," li diras al siaj kolegoj. "Iu aŭ io provas kaŝi ion de ni, kaj mi volas scii kion."

La decido de Tomaso konduki plian esploron metas lin kaj liajn kolegojn sur vojon plenan je misteroj kaj danĝeroj, kiujn ili neniam povus antaŭvidi. La malhela komenco de ilia aventuro nur antaŭsignis la kompleksecojn kaj defiojn, kiujn ili alfrontos en sia klopodo malkovri la veron.

1. atmosfero - atmosphere
2. bruoj - noises
3. ĉirkaŭen - around
4. disvastiĝis - spread
5. ekipaĵo - equipment
6. esploristo - researcher
7. foliaro - foliage
8. ĝangalo - jungle
9. kaŝitan - hidden
10. kosmodromo - spaceport
11. lumiloj - flashlights
12. marŝado - walking
13. misterplena - mysterious
14. satelita - satellite
15. skribotablo - desk

La Sekreta Misio

Apud la kosmodromo en Franca Gviano, la Franca Fremdlegio starigis sian bazan tendaron. Komandanto Leroux alvokis kunvenon kun siaj viroj frue en la mateno.

"Hodiaŭ, ni havas tre gravan taskon," komencis Leroux. "Ni devas protekti la lanĉon kontraŭ eblaj sabotistoj. Estas esence, ke ĉio iru laŭplane."

Tomaso, post siaj lastatempaj misteraj malkovroj, decidis renkontiĝi kun Leroux. Li rakontis al la komandanto pri la stranga ekipaĵo kaj la kriptaj mesaĝoj, kiujn li trovis.

Leroux aŭskultis atente kaj poste montris al Tomaso kelkajn konfiskitajn dokumentojn. "Jen pruvoj, ke nordkoreaj agentoj estas ĉi tie, en Franca Gviano. Ni suspektas, ke ili planas saboti la satelitan lanĉon."

Tomaso estis ŝokita. "Kion ni povas fari por malhelpi ilin?"

"Ni organizos noktopatrolojn en la ĝangalo," respondis Leroux. "Vi kaj via teamo povas helpi nin per via loka scio."

Dum la sekva nokto, Tomaso kaj grupo da soldatoj el la Fremdlegio marŝis tra la ĝangalo. Ili serĉis iujn ajn signojn de fremda ĉeesto.

Post kelkaj horoj, ili trovis spurojn sur la tero. "Ĉi tiuj ne estas de bestoj," flustris Tomaso, montrante freŝajn piedspurojn en la mola grundo.

Ili sekvis la spurojn, koroj batantaj pro ekscito kaj timo. Subite, en la mezo de la nokto, ili estis kaptitaj en embusko. Nekonataj atakantoj el la ombroj ekpafis.

La soldatoj rapide reagis, kaj batalo ekflamis en la nokto. Malgraŭ iliaj klopodoj, la atakantoj sukcesis eskapi en la mallumo, lasante malantaŭe pli da misteroj kaj demandoj.

Reveninte al la tendaro, Tomaso kaj Leroux analizis la situacion. "Ni devas esti pli atentaj," diris Leroux. "Ili certe provos denove. Nia misio estas pli grava ol iam ajn."

Tomaso sentis pezan respondecon sur siaj ŝultroj. La sekreta misio fariĝis lia propra batalo. Kun la lanĉo proksimiĝanta, la riskoj nur kreskis. Li sciis, ke la sekurigo de la lanĉo estos decida batalo kontraŭ nevidata malamiko, kiu jam montris siajn kapablojn je surprizo kaj danĝero.

"Dankon, Tomaso," diris Leroux, metante manon sur lian ŝultron. "Via helpo povus esti la ŝlosilo al nia sukceso."

Kun determino en siaj koroj, Tomaso kaj la Fremdlegio prepariĝis por la venontaj noktoj. Ili sciis, ke la sekura realigo de la satelita lanĉo dependos de ilia kapablo protekti ĝin kontraŭ ĉiuj minacoj, videblaj kaj nevideblaj.

1. atmosfero - atmosphere
2. bruoj - noises
3. ĉirkaŭen - around
4. disvastiĝis - spread
5. ekipaĵo - equipment
6. esploristo - researcher
7. foliaro - foliage
8. ĝangalo - jungle
9. kaŝitan - hidden
10. kosmodromo - spaceport
11. lumiloj - flashlights
12. marŝado - walking
13. misterplena - mysterious
14. satelita - satellite
15. skribotablo - desk

La Enketo Profundiĝas

La sekvan tagon post la nokta embusko, Tomaso sentis, ke la mistero nur plifortiĝas. Li decidis esplori la arkivojn de la kosmodromo por trovi pliajn informojn pri la sekreta satelito. Trarigardante malnovajn dosierojn kaj planojn, li malkovris, ke la satelito havas la kapablon aŭskulti komunikojn tutmonde.

"Ĉi tio estas tre potenca teknologio," murmuris Tomaso, impresita kaj iom timigita de la kapabloj de la satelito.

Dume, en la ombroj, nordkoreaj agentoj preparis sian sekvan movon. Ili sukcesis infiltri la kosmodromon, kaŝvestitaj kiel laboristoj, kaj komencis plani la sabotadon de la lanĉo.

Dum Tomaso serĉis pliajn informojn en la arkivo, mistera figuro alproksimiĝis al li. "Mi aŭdis, ke vi serĉas informojn," diris la figuro per mallaŭta kaj serioza voĉo.

"Kiu vi estas?" demandis Tomaso, surprizita kaj singardema.

"Mi estas spiono, ĉi tie por helpi vin. La agentoj, kiujn vi serĉas, estas pli proksimaj ol vi pensas," respondis la figuro, transdonante al Tomaso dokumenton plenan je informoj pri la infiltritaj agentoj.

Kun konkretaj informoj pri la agentoj, Tomaso rapidis al Leroux por diskuti la novajn malkovrojn. Ili decidis agi rapide, organizante sekuran perimetron ĉirkaŭ la lanĉejo por protekti ĝin kontraŭ eblaj sabotaj atakoj.

Sed subite, la trankvilo estis rompita de potenca eksplodo ene de la kosmodromo. La eksplodo kaŭzis momenton de paniko inter la laboristoj kaj sekurecaj teamoj.

"Tio estis distrilo!" ekkriis Leroux post rapida enketo. "Dum ni ĉiuj koncentriĝis ĉi tie, ili ŝtelis gravan ekipaĵon!"

Tomaso kaj Leroux, nun plene konsciaj pri la ruzeco de siaj malamikoj, komprenis, ke la situacio fariĝas pli danĝera. Ili devis trovi manieron antaŭenigi siajn planojn kaj samtempe gardi sin kontraŭ pliaj sabotaj agoj.

La tago finiĝis kun pli da demandoj ol respondoj. Kiu vere staras malantaŭ la sabotaj planoj? Kiel ili povus neŭtraligi la minacon kaj certigi la sekuran lanĉon de la satelito? Tomaso sciis, ke la venontaj tagoj postulos ĉiun oncon de lia inteligento, kuraĝo, kaj persisto. La enketado nur pliprofundigis la misteron, kaj la riskoj nur kreskis.

1. arkivo - archive
2. aŭskulti - to listen
3. diktiĝas - thickens
4. distrilo - distraction
5. embusko - ambush
6. enketado - investigation
7. infilitraj - infiltrating
8. kaŝvestitaj - disguised
9. komunikadojn - communications
10. malkovrojn - discoveries

11. mistero - mystery
12. paniko - panic
13. perimetro - perimeter
14. sabotistaj - sabotaging
15. spiono - spy

Malamikoj en la Ombroj

Post la eksplodo kaj la malkovro de la ŝtelita ekipaĵo, la teamo de Tomaso kaj Leroux intensigis sian enketon. Dum nokto plena je analizoj, ili trovis ĉifritajn komunikojn inter la nordkoreaj agentoj. "Ĉi tio pruvas, ke la sabotado estas nur parto de io multe pli granda," diris Leroux, malĉifrante la lastan mesaĝon. La dokumentoj malkaŝis planon startigi socialisman ribelon en la departemento, celante malfortigi la lokan registaron kaj perturbi internaciajn rilatojn.

"Ni devas agi rapide por neŭtraligi ĉi tiun minacon," decidis Leroux. "Ni uzos satelitbildojn por lokalizi ilian kaŝejon."

Dum la malfrua vespero, Tomaso kaj teamo de la Fremdlegio preparis sin por embusko. Ili sekvis la koordinatojn trovitajn en la satelitbildoj al malgranda, izolita areo en la profundo de la ĝangalo. Sed kiam ili alvenis, la loko estis forlasita. "Ili jam moviĝis," flustris Tomaso, esplorante la malplenajn tendojn kaj provizojn.

Serĉante tra la forlasita kaŝejo, ili trovis mapojn kaj dokumentojn, kiuj detale priskribis la ribelon. Unu dokumento aparte kaptis la atenton de Tomaso. Ĝi menciis "la finan agon" - kodo por ilia lasta kaj plej danĝera plano.

"Ni devas plifortigi la sekurecon ĉe ĉiuj vitalaj punktoj," diris Leroux, konscia pri la urĝeco de la situacio. "Ili povas ataki iam ajn."

Dum la teamo laboris senhalte por sekurigi la kosmodromon kaj ĉirkaŭajn areojn, la agentoj observis el malproksimo. Ilia silenta observado konfirmis, ke ili estis pretaj por sia lasta movo, atendante la perfektan momenton por frapi.

La tuta teamo de Tomaso kaj Leroux estis sur alta alerto, konsciaj, ke la sekvoj de malsukceso povus esti katastrofaj. Iliaj agoj en la venontaj tagoj determinus ne nur la sorton de la sekreta lanĉo, sed ankaŭ la estontan sekurecon de la tuta regiono.

Dum la malhela nokto envolvis la ĝangalon, la teamo restis vigla, preta alfronti kion ajn la malamiko planis. La batalo kontraŭ la malamikoj en la ombroj estis nur komenciĝanta, kaj ĉiuj estis konsciaj, ke la fina konfrontiĝo rapide alproksimiĝas.

1. Ĉifritaj - Encrypted
2. Dokumentoj - Documents
3. Eksplodo - Explosion
4. Enketo - Investigation
5. Izolita - Isolated
6. Kaŝejo - Hideout
7. Kosmodromo - Spaceport
8. Malkovro - Discovery
9. Neŭtraligi - Neutralize
10. Ribelo - Rebellion
11. Sabotado - Sabotage
12. Satelitbildoj - Satellite images
13. Sekureco - Security
14. Socialisma - Socialist
15. Ŝtelita - Stolen

La Kuro Kontraŭ la Tempo

La tagoj rapide pasis, kaj la lanĉdato de la sekreta satelito alproksimiĝis. La tuta kosmodromo estis en stato de alta alarmo, ĉar la teamo de Tomaso kaj Leroux sciis, ke la tempo por preventi la planitan atakon de la nordkoreaj agentoj rapide malpliiĝas.

"Laborante kun internaciaj sekurecaj agentejoj, ni ricevis informojn, ke atako estas planata dum la lanĉo," diris Leroux dum matena kunveno kun sia teamo kaj Tomaso.

"Ni devas fari ĉion eblan por malhelpi ilin," respondis Tomaso, pli determinita ol iam ajn.

La sekurecaj preparoj intensiĝis. La teamo instalas kaŝitajn kameraojn kaj sensilojn ĉirkaŭ la kosmodromo kaj en la ĝangalo, kreante reton de sekureco por kapti iujn ajn suspektindajn movojn.

Dum unu el la noktaj patroloj, la teamo rimarkis kelkajn individuojn agantajn suspektinde proksime al la lanĉejo. Post mallonga postsekvo, ili kaptis la suspektindulojn kaj kondukis ilin por interogado.

La interogado malkaŝis zorgigajn detalojn pri la ataka plano. La agentoj intencis eksplodigi malgrandan aparaton por haltigi la lanĉon dum la kritika momento.

"Pli grave, ili havas internan helpon," malkovris unu el la kaptitoj.

La teamo rapide agis laŭ ĉi tiu nova informo, esplorante internajn registrojn kaj sekurecajn filmetojn por identigi la perfidulon. Post intensa serĉado, ili sukcesis aresti la internan helpon, laboriston, kiu estis koruptita de la malamikaj agentoj.

"Kun la interna minaco nun neŭtraligita, ni devas resti viglaj," avertis Leroux. "Ĉio ŝajnas sub kontrolo, sed ni ne povas permesi al ni malatenti eĉ por momento."

La teamo faris la lastajn preparojn por la lanĉo, kontrolante kaj re-kontrolante ĉiun aspekton de la sekureco. La tuta kosmodromo estis kvazaŭ fortikaĵo, kun ĉiu eniro kaj eliro zorge monitorata.

La nokton antaŭ la lanĉo, Tomaso ne povis dormi. Li pensis pri la longa vojaĝo ĝis ĉi tiu punkto — la malkovroj, la danĝeroj, kaj nun, finfine, la ŝanco realigi ilian mision. La teamo, kvankam laca, sentis similajn sentojn de anticipa ekscito kaj maltrankvilo.

"Ni faris ĉion eblan," diris Tomaso al Leroux, rigardante la stelojn super la kosmodromo.

"Jes, ni faris," respondis Leroux. "Nun restas nur esperi, ke niaj klopodoj sufiĉos por protekti la lanĉon."

Kun la preparoj finitaj, la teamo atendis la lanĉon, sciante, ke ili faris ĉion en sia povo por certigi, ke ĝi iros laŭplane. La kuro kontraŭ la tempo estis finita; nun venis la momento de la vero.

1. Alproksimiĝis - Approached
2. Atako - Attack
3. Detalojn - Details
4. Eksplodigi - To explode
5. Interogado - Interrogation
6. Internaj - Internal
7. Kaptitoj - Prisoners
8. Kosmodromo - Spaceport
9. Lanĉdato - Launch date
10. Malhelpi - To prevent
11. Malpliiĝas - Decreases
12. Neŭtraligita - Neutralized
13. Patroloj - Patrols
14. Perfidinton - Traitor
15. Preparoj - Preparations

La Nokto Antaŭ la Lanĉo

La vespero antaŭ la granda lanĉo, la atmosfero ĉirkaŭ la kosmodromo estis plena je atendo kaj streĉo. La tuta areo estis transformita en veran fortikaĵon, kun ĉiu eniro kaj eliro zorge kontrolata. La sekureca teamo, gvidata de Leroux, faris siajn lastajn rondirojn por certigi, ke ĉio estis en ordo.

Tomaso, kuŝante en sia lito, rigardis la plafonon, nekapabla dormi. Lia menso estis plena je scenaroj pri tio, kio povus okazi la sekvan tagon. La pensoj pri la danĝeroj, kiujn ili jam alfrontis, kaj la ebleco de pliaj minacoj, ne lasis lin trankvila.

Dum Leroux kaj liaj viroj kontrolis la sekurecajn sistemojn, subita alarmo disrompis la noktan trankvilon. "Alarmo! Iu penetris la lanĉareon!" ekkriis unu el la gardistoj.

La teamo tuj reagis, rapidante al la indikita loko por ĉirkaŭigi la areon kaj trovi la entrudulon. Sed post intensa serĉo, ili malkovris, ke ĝi estis falsa alarmo, verŝajne alia distraĵo kreita de la agentoj por testi ilian respondon.

Dum la teamo plu esploris la alarmon, ili malkovris malgrandan sabotadon en la komunikadsistemoj. "Iu manipulis la signalojn por kaŭzi ĉi tiun falsan alarmon," konstatis unu el la teknikistoj.

La teknika teamo laboris tra la tuta nokto por ripari la damaĝon kaj certigi, ke ĉio funkcios perfekte dum la lanĉo. La tasko estis malfacila, sed la teamo laboris kun unueca celo, kaj iliaj spiritoj restis altaj malgraŭ la defioj.

Dum la suno komencis leviĝi, donante lumon al nova tago, ĉio ŝajnis esti en perfekta ordo. La teknikistoj faris siajn finajn kontroladojn, kaj la sekureca teamo staris preta por iu ajn eventualo.

Tomaso, nun ekstere rigardante la preparojn kun miksitaj sentoj de maltrankvilo kaj espero, sentis profundan respekton por siaj kolegoj kaj la laboro, kiun ili faris. "Ni faris ĉion eblan," li diris al Leroux, kiu staris apud li, rigardante la lanĉareon.

"Jes, ni faris," respondis Leroux, metante manon sur la ŝultron de Tomaso. "Nun ni nur povas esperi, ke nia laboro estos sufiĉa por protekti ĉi tiun lanĉon."

Dum la unuaj radioj de la suno lumigis la kosmodromon, ĉiuj sentis la gravecon de la venonta momento. Estis la kulmino de monatoj da laboro, danĝeroj, kaj defioj. Nun estis tempo por vidi la rezulton de iliaj klopodoj en ĉi tiu historia lanĉo.

1. Atendo - Expectation
2. Damaĝo - Damage
3. Danĝeroj - Dangers
4. Distraĵo - Distraction
5. Fortikaĵo - Fortress
6. Intrudon - Intrusion
7. Kontrolataj - Controlled
8. Lanĉareo - Launch area
9. Menso - Mind
10. Penetris - Penetrated
11. Rondirojn - Rounds
12. Sabotadon - Sabotage

La Lanĉo

La longe atendita tago fine alvenis. Jam frue matene, ĉiuj estis surpiede, plenaj de anticipa ekscito kaj nervozeco. La sekurecaj teamoj kaj la Fremdlegio staris gardante ĉirkaŭ la lanĉejo, certigante, ke neniu neaŭtorizita persono povus alproksimiĝi.

Tomaso marŝis ĉirkaŭe, observante la preparojn. "Ĉio ŝajnas en ordo," li diris al Leroux, kiu kontrolis la lastajn raportojn de la sekurecaj teamoj.

La publiko kaj la amaskomunikiloj, fervore atendante la eventon, estis tenitaj je sekura distanco. Grandaj ekranoj estis starigitaj por ke ĉiuj povu sekvi la eventon sen riski la sekurecon de la operacio.

Kiam la lanĉohoro alvenis, silento falis super la amaso. Ĉiuj okuloj estis fiksitaj al la raketo, kiu baldaŭ leviĝos en la ĉielon. Kaj tiam, senprobleme, la raketo ekfajris kaj komencis sian ascendon, briletante tra la matena ĉielo.

Subite, en la mezo de la admira silento, aperis neidentigita drono, rapide direktiĝante al la raketo. "Atako!" iu kriis.

Leroux, sen heziti, ordonis al sia teamo pafi la dronon antaŭ ol ĝi povus atingi sian celon. La pafado estis preciza; la drono eksplodis en la aero, longe antaŭ ol ĝi povus endanĝerigi la lanĉon.

Kun la minaco neŭtraligita, la lanĉo daŭris sen pliaj interrompoj. La teamo kaj ĉiuj ĉeestantoj finfine povis spiri pli facile, vidante la raketon malaperi en la bluan ĉielon.

"Tio estis tro proksima," diris Tomaso al Leroux, dum ili ambaŭ rigardis la ĉielon.

"Jes, sed ni sukcesis," respondis Leroux, sentante mikson de fiero kaj reliefiĝo.

La satelito finfine atingis sian orbiton, pretan plenumi sian mision de aŭskultado kaj observado. La sukceso de la lanĉo estis laŭte celebrata de ĉiuj ĉeestantoj, kun jubilo eĥanta tra la kosmodromo kaj pretere.

Malgraŭ la festadoj, Tomaso, Leroux, kaj ilia teamo restis viglaj. Ili sciis, ke la batalo kontraŭ iliaj malamikoj eble finiĝis por nun, sed la defioj de protektado de la sekureco kaj paco restus konstantaj.

Sed en tiu momento, sub la klara ĉielo, ili permesis al si momenton de fiero kaj ĝojo. Ili sukcesis kontraŭ ĉiuj ŝancoj, kaj nun, ilia laboro havis realan, mezureblan efikon sur la mondo.

La tago de la lanĉo estis vera atesto al la kuraĝo, persisto, kaj teamlaboro de ĉiuj implikitaj. Kaj dum la suno plu leviĝis, iluminante la novan tagon, estis klare, ke ĉi tiu estis nur la komenco de nova ĉapitro en iliaj aventuroj.

1. Alproksimiĝi - Approach
2. Amaskomunikiloj - Media
3. Anticipa - Anticipatory
4. Ascendo - Ascent
5. Atako - Attack
6. Ĉeestantoj - Attendees
7. Drono - Drone
8. Ekranoj - Screens
9. Fervore - Eagerly
10. Gardon - Guard
11. Lanĉejo - Launch site
12. Neaŭtorizita - Unauthorized
13. Neŭtraligita - Neutralized
14. Nervozeco - Nervousness
15. Pafi - To shoot

La Kulmino

La sukcesa lanĉo de la satelito estis ĝoje festata ĉe la kosmodromo. La teamo de Tomaso kaj Leroux, kune kun ĉiuj laboristoj, ĝuis momenton de paco kaj triumfo. Tamen, tiu paco ne daŭris longe.

Meze de la festadoj, urĝa averto interrompis la ĝojon. La sekurecaj teamoj ricevis informon, ke nordkoreaj agentoj lanĉis sian lastan, malesperan atakon por saboti la nun orbitantan sateliton.

"La situacio estas kritika," diris Leroux, turnante sin al sia teamo kaj al Frédéric, sia dekstra mano. "Ni devas agi rapide kaj decide."

Sen perdi tempon, Leroux, Frédéric, kaj grupeto el la Fremdlegio rapidis en la ĝangalon, gvidataj de la lastaj inteligentecaj raportoj pri la loko de la agentoj.

La konfrontiĝo en la ĝangalo estis intensa. La teamo alfrontis la agentojn, kiuj estis armitaj kaj pretaj batali ĝis la fino. La batalo estis furioza, kun ambaŭ flankoj interŝanĝantaj fajron en la densa vegetaĵaro.

Dank' al la trejnado kaj kuraĝo de la Fremdlegio, kaj la strategia gvidado de Leroux kaj Frédéric, la teamo sukcesis superi la agentojn. La lasta atako de la malamikoj estis neŭtraligita, kaj ilia plano instigi ribelon en la departemento malsukcesis.

La kaptitaj agentoj estis poste ekstradiciitaj, garantiante, ke ili respondos pro siaj agoj. La sukceso de la operacio ne nur evitis gravan minacon, sed ankaŭ sendis fortan mesaĝon al iuj ajn estontaj malamikoj.

Post la operacio, Frédéric kaj Leroux estis vaste laŭditaj pro sia neŝancelebla kuraĝo kaj persisto. Iliaj agoj estis decida faktoro en la protektado de la sekureco ne nur de la kosmodromo, sed ankaŭ de la tuta regiono.

La sekureco ĉirkaŭ kosmaj operacioj en Franca Gviano estis signife plifortigita, dank' al la spertoj akiritaj dum tiu kriza periodo. La teamo, rigardante la stelojn en la nokta ĉielo, sentis profundan konscion pri la grava rolo, kiun ili ludis en protektado de la paco kaj sekureco sur la Tero kaj pretere.

La aventuroj de Tomaso kaj liaj kolegoj en Franca Gviano estis atesto al la neĉesigebla batalo kontraŭ malamikoj, kiuj celas malstabiligi la mondon. Ilia historio restas inspiro por ĉiuj, kiuj dediĉas sian vivon al la sekureco kaj bonfarto de aliaj. Kaj dum ili rigardis la stelojn, ili sciis, ke ilia laboro, kvankam ofte en la ombroj, estas esenca lumo en la mallumo.

1. Atako - Atako
2. Batalo - Battle
3. Ĝangalo - Jungle
4. Ĝoje - Joyfully
5. Inteligentecaj - Intelligence (related to gathering information)
6. Konfrontiĝo - Confrontation
7. Kosmodromo - Spaceport
8. Kuraĝo - Courage
9. Malespera - Desperate
10. Neŭtraligita - Neutralized
11. Operacio - Operation
12. Orbitanta - Orbiting
13. Saboti - To sabotage
14. Sekureco - Security
15. Triumfo - Triumph

Ombroj de la Silento

Maltrankvila Venko

Florenco Ĉan, aŭdaca ĵurnalistino el Honkongo, sidis ĉe sia skribotablo, ĉirkaŭita de amaso da notoj kaj dokumentoj. Ŝi estis ĉe la rando de entrepreno, kiu povus ŝanĝi ŝian vivon — kaj eble la mondon. Post ricevado de konfidenca informo pri la ekzisto de koncentrejoj en socialisma Ĉinio, Florenco sentis pezan respondecon malkovri la veron.

"Ĉi tio povas esti tre danĝera," avertis ŝia amiko kaj kolego, Lin, dum kafeja renkontiĝo. "Vi scias, ke ili ne ŝatos, ke iu esploras ĉi tiujn aferojn."

Florenco kapjesis, sed ŝia decido restis firma. "Mi scias la riskojn, Lin. Sed se ni ne parolas, kiu faros?" ŝi respondis, rigardante la mapon, kiun anonima informanto donis al ŝi. La mapo montris la lokojn de pluraj koncentrejoj, kaŝitaj for de la okuloj de la mondo.

Preparante sin por la vojaĝo, Florenco pakis siajn ilojn por enketado, zorge kaŝante sian fotilon kaj aliajn esencajn ilojn inter siaj personaj aĵoj. Ŝia familio kaj amikoj, sciante pri ŝia decido, ne povis kaŝi siajn zorgojn.

"Florenco, bonvolu repensi ĉi tion," petegis ŝia patrino. "Estas aliaj manieroj helpi sen meti vin mem en tiom da danĝero."

Sed Florenco, kvankam dankema pro ilia zorgo, sentis profundan devon rakonti la verajn historiojn, kiuj atendis esti malkovritaj. "Mi devas fari ĉi tion," ŝi insistis, "por tiuj, kiuj ne povas paroli por si mem."

Kun adiaŭaj brakumoj kaj kuraĝigaj vortoj de siaj proksimuloj, Florenco foriris de Honkongo, portante ne nur siajn ilojn sed ankaŭ la pezon de misio, kiu sentiĝis pli granda ol ŝi mem. Ŝi estis plena de espero kaj determino, sed ankaŭ de maltrankvilo pri tio, kion ŝi malkovros.

Ŝia vojaĝo en la nekonatan komenciĝis kun sento de celo, movata de la kredo, ke la mondo meritas scii la veron. Malgraŭ la timoj kaj avertoj, Florenco iris alfronti la defiojn, gvidata de sia kredo en justeco kaj la povo de la vorto. La neantaŭvidebla venko, kiu atendis ŝin, estis nur la komenco de rakonto, kiu defius la limojn de kuraĝo kaj eltenemo.

1. Aŭdaca - Bold
2. Ĉirkaŭita - Surrounded
3. Danĝera - Dangerous
4. Enketado - Investigation
5. Esploras - Research
6. Familio - Family
7. Informo - Information
8. Kafejo - Cafe
9. Koncentrejo - Concentration camp
10. Maltrankvila - Anxious
11. Misio - Mission
12. Notoj - Notes
13. Respondeco - Responsibility
14. Skribotablo - Desk
15. Vojaĝo - Journey

Sekreta Eniro

Florenco Ĉan alvenis en Ĉinion kun batanta koro kaj falsa identeco. Ŝia misio estis klara, sed la vojo antaŭ ŝi estis nebula kaj plena de danĝeroj. Ŝi kaŝis sian veran celon malantaŭ la mieno de turistino, vojaĝante al la provinco, kie, laŭ la konfidencaj informoj, situas la koncentrejoj.

Dum ŝia vojaĝo, ŝi ne povis eviti la senton, ke iu observas ĉiun ŝian movon. "Mi devas esti pli singarda," ŝi murmuris al si mem, turnante en mallarĝan straton por testi sian suspekton. Post kelkaj lertaj movoj tra la densa urbo, ŝi sukcesis elturniĝi el la persekuto, almenaŭ por la momento.

Fine, Florenco atingis malgrandan vilaĝon, kiu kuŝis proksime de unu el la supozataj koncentrejoj. La atmosfero estis peza, kvazaŭ la ombroj mem portis sekretojn. En la krepusko, ŝi renkontis lokanon, kies okuloj spegulis la saman zorgon, kiun Florenco sentis en sia koro.

"Mi povas helpi vin," la lokano flustris, "sed ni devas esti tre singardaj." La bezono resti anonima estis neevitebla, kaj Florenco konsentis sen hezito.

Ili atendis la mallumon, kaj sub la kovro de nokto, ili proksimiĝis al la limoj de la koncentrejo. Florenco, kun sia kaŝita fotilo preta, kaptis bildojn de la maltrankviligaj scenoj, kiujn ŝi vidis tra la bariloj: homoj, kiuj aspektis elĉerpitaj kaj senesperaj, vivantaj en kondiĉoj, kiuj defiis ĉian homarecon.

Subite, bruo rompis la silenton de la nokto, kaj Florenco kun sia helpanto rapide kaŝis sin inter la ombroj. Iliaj koroj batis laŭte, timante malkovron.

"Ni devas esti singardaj," ŝi flustris al sia helpanto, kiu kapjesis en silenta konsento.

Malgraŭ la danĝero, Florenco ne povis ignori la forton, kiu puŝis ŝin antaŭen. Ŝi estis decidita uzi sian ĵurnalisman kapablon por malkaŝi la veron pri tiuj kaŝitaj koncentrejoj, donante voĉon al tiuj, kiuj estis devigitaj vivi en silento.

Dum ili retiriĝis en la sekurecon de la nokto, Florenco sciis, ke ŝi jam faris la unuajn paŝojn en vojaĝo, kiu povus ŝanĝi la kurson de multaj vivoj, inkluzive de ŝia propra. Sed la decido iri plu estis klara en ŝia menso; la mondo devas scii, kaj ŝi estus tiu, kiu malkaŝos la veron.

1. Anonimeco - Anonymity
2. Bariloj - Barriers
3. Danĝeroj - Dangers
4. Elĉerpita - Exhausted
5. Falsa - Fake
6. Krepusko - Dusk
7. Lertaj - Skillful
8. Maltrankviligaj - Disturbing
9. Mieno - Appearance

10. Nebula - Foggy, Unclear
11. Observas - Observes
12. Ombroj - Shadows
13. Persekuto - Pursuit
14. Singarda - Cautious
15. Vojaĝo - Journey

Malhelaj Malkovroj

En la sekureco de sia kaŝejo, Florenco atente rigardis la bildojn, kiujn ŝi prenis de la koncentrejo. La bildoj senkompate montris la krudan realon de homoj vivantaj en tre malbonaj kondiĉoj, laborantaj kaj ekzistantaj en subpremaj cirkonstancoj. Ĉiu bildo rakontis historion de doloro kaj malespero, kiun la mondo devis ekscii.

"Ĉi tiuj homoj... kiel ili finiĝis ĉi tie?" Florenco demandis al sia loka helpanto, kies vizaĝo estis ombrita de malgajo.

"Ili estis kaptitaj pro diversaj kialoj – kelkaj pro siaj kredoj, aliaj pro sia etna origino. Ĉiuj nun dividas la saman sorton," la helpanto respondis, kun voĉo plena je pezo.

Dum Florenco aŭskultis, ŝi sentis kreskantan devon agi. "Mi devas malkovri pli. Mi devas doni voĉon al ĉi tiuj homoj," ŝi diris kun decido. Kun nova determino, ŝi planis riskan revenon al la koncentrejo sub la kovro de nokto.

Ekipita per kaŝita registrilo, Florenco sukcesis diskrete kapti atestajn rakontojn de kelkaj kaptitoj. Iliaj vortoj, plenaj de sufero kaj espero je liberiĝo, resonis profunde en ŝia koro.

Sed dum ŝi diskrete forlasis la areon, ŝiaj movoj altiris la atenton de sekureca gardisto. Kun koro batanta rapide, Florenco instinkte kuregis, uzante ĉiun oncon de sia lerteco por eskapi tra la malluma kamparo.

Post kelkaj terurplenaj momentoj, ŝi fine atingis sekurecon, koro ankoraŭ batanta pro la proksima eskapo. Reveninte al la vilaĝo, ŝi pripensis sian sekvan paŝon. "Mi devas sendi ĉi tiujn informojn eksteren. La mondo devas scii," ŝi decidis.

Kun la helpo de sia loka helpanto, Florenco kontaktis fidindan fonton, kiu promesis helpi ŝin disvastigi la informojn al internaciaj novaĵagentejoj. Dum ŝi preparis la materialon por sendado, la graveco de sia misio plu fortigis ŝian rezolucion.

"Florenco, ĉi tio povas esti tre danĝera," avertis ŝia helpanto. "Sed ĝi estas la ĝusta afero farenda," respondis Florenco, scianta, ke la riskoj valoras ĝin por doni voĉon al tiuj, kiuj estis devigitaj resti en la ombroj.

Dum ŝi finpretigis la raportojn kaj bildojn por sendi ilin al la mondo, Florenco sentis miksaĵon de timo kaj espero. Ŝi sciis, ke ŝia laboro povus vere ŝanĝi la sorton de multaj, kaj kun ĉiu klako de sia komputilo, ŝi paŝis pli proksimen al malkaŝi la veron, kiu tro longe restis kaŝita en la malhelaj ombroj de silento.

1. Atingis - Reached
2. Diskrete - Discreetly
3. Ekipita - Equipped
4. Eskapi - To escape
5. Kaŝejo - Hideout
6. Kondiĉoj - Conditions
7. Kontaktis - Contacted
8. Kredoj - Beliefs
9. Malgajo - Sadness
10. Malhelaj - Dark
11. Ombrumita - Shadowed
12. Registrilo - Recorder
13. Resonis - Resonated
14. Subpremaj - Oppressive
15. Terurplenaj - Terrifying

Persekuto kaj Promeso

La suno leviĝis super la horizonto, alportante novan tagon plenan de necerteco kaj danĝero por Florenco. Jam frue, ŝi sentis la kreskantan pezon de la persekuto. Averto venis de ŝia loka helpanto: la aŭtoritatoj nun aktive serĉis okcidentan ĵurnalistinon, kiu malkovris tro multe.

Kun prudento kaj rapideco, Florenco kaj ŝia helpanto decidis ŝanĝi siajn planojn por eviti kaptiĝon. Ili elektis vojaĝi tra maloftaj vojoj, serĉante pli sekuran lokon, for de la atentaj okuloj de la serĉantoj.

Dum la vojaĝo, tra la senfinaj kamparoj kaj malgrandaj vilaĝoj, Florenco profunde pripensis la gravecon de sia misio. La peza respondeco sentiĝis sur ŝiaj ŝultroj, sed ankaŭ la ardanta deziro malkaŝi la veron. "Mi devas daŭrigi," ŝi diris al si, "por tiuj, kiuj ne povas paroli."

Ilia celo estis urbo, kie Florenco esperis uzi sekuran interretkonekton por sendi siajn raportojn kaj bildojn al ekstera novaĵagentejo. La urbo, kvankam ŝajne trankvila, estis plena je kaŝitaj okuloj kaj oreloj. La sento de urĝeco kaj danĝero kreskis dum Florenco preparis la materialon por dissendo.

"Estas preta," ŝi flustris al sia helpanto, post kiam ŝi finfine alŝutis la dosierojn al la servilo de la novaĵagentejo. La informo, kiu povus ŝanĝi multajn vivojn kaj veki la mondon, nun estis sendita.

Sed ilia triumfo estis mallonga. Momentojn post la sendo, sekurecaj fortoj frapis ĉe ilia pordo, iliaj vizaĝoj severaj kaj intencoj klaraj. Florenco kaj ŝia helpanto interŝanĝis rigardojn, sciante, ke ilia tempo de libereco ĵus finiĝis.

Dum ili estis arestitaj, Florenco tenis sian kapon alte, memorante la vizaĝojn kaj voĉojn de tiuj, kiujn ŝi promesis helpi. La promeso donita al si mem kaj al la senpovaj restis firma en ŝia koro: malkaŝi la veron, koste kio ajn.

Ŝiaj raportoj kaj bildoj nun estis eksteren, ne plu kaŝitaj en la ombroj. Malgraŭ la persekuto kaj la minacoj al sia propra sekureco, Florenco sciis, ke ŝi faris la ĝustan aferon. La mondo devas scii, kaj ŝi faris sian parton por certigi, ke ĝi faros.

1. Averto - Warning

2. Dissendo - Transmission, Sending
3. Ekstera - External
4. Forigitaj - Removed, Taken away
5. Interretkonekto - Internet connection
6. Kamparoj - Countrysides
7. Kaptiĝon - Capture
8. Maloftaj vojoj - Rare, Infrequently used roads
9. Necerteco - Uncertainty
10. Persekuto - Persecution
11. Prudento - Prudence, Caution
12. Respondeco - Responsibility
13. Sekurecaj fortoj - Security forces
14. Urĝeco - Urgency
15. Veturi - To travel

Kulmino en la Ombroj

Florenco kaj ŝia fidinda helpanto estis rapide kondukitaj tra la malhelaj koridoroj de arestejo, iliaj estontecoj neklaraj kaj minacaj. Eĉ en la malvarmaj, limigitaj muroj de sia ĉelo, Florenco restis forta, kun la memoroj de la vizaĝoj, kiujn ŝi dokumentis, brulantaj en ŝia menso.

Nekonata al Florenco, dum ŝi luktis kun siaj pensoj en malliberejo, ŝiaj raportoj kaj bildoj eksplodis tra la interreto, vekante ondon de internacia atento kaj indigneco. La mondo estis skuita per la malkaŝoj, kaj baldaŭ, premgrupoj kaj registaroj tra la globo postulis ŝian liberigon kaj komencis postuli enketojn pri la kondiĉoj en la koncentrejoj.

Post semajnoj da intensaj diplomatiaj intertraktadoj kaj kreskanta internacia premo, la novaĵo atingis Florencon: ŝi estus liberigita. La momento de ŝia eliro el la malliberejo estis plena je emocioj—reliefo, ĝojo, sed ankaŭ maltrankvilo pri la estonteco.

Reveninte al Honkongo, Florenco estis akceptita kiel heroino. Homamasoj kolektiĝis por saluti ŝin, laŭdante ŝian kuraĝon kaj persistemon. Sed por Florenco, la plej grava venko estis, ke la mondo nun sciis pri la sekretoj, kiujn ŝi malkovris. Ŝiaj penoj lumigis la mallumon, kiu ĉirkaŭis la koncentrejojn, kaj nun agado povus sekvi.

Dank' al ŝiaj malkovroj, internaciaj enketoj kaj kampanjoj estis iniciatitaj, celantaj alporti justicon al la viktimoj kaj fini la subpremadon. Florenco, kvankam ankoraŭ resaniĝanta post la spertoj, decidis daŭrigi sian laboron.

"La batalo por justeco kaj homaj rajtoj neniam finiĝas," ŝi diris dum intervjuo. "Kion mi vidis kaj aŭdis neniam forlasos min, kaj mi restos dediĉita al malkaŝado de la vero, kie ajn ĝi kaŝiĝas."

Malgraŭ la personaj riskoj, Florenco restis neŝanceliĝa en sia engaĝiĝo al sia promeso malkaŝi la veron. Ŝi sciis, ke ŝia laboro— kaj la laboro de multaj aliaj kiel ŝi—havas la potencon inspiri ŝanĝon kaj batali kontraŭ maljusteco en la mondo. La kulmino en la ombroj ne estis nur fino, sed ankaŭ komenco—komenco de nova ĉapitro en ŝia vivo kaj en la senĉesa lukto por homaj rajtoj kaj digno.

1. Arestita - Arrested
2. Batali - To fight
3. Ĉelo - Cell
4. Dediĉita - Dedicated
5. Digno - Dignity
6. Enketadoj - Investigations
7. Indigno - Outrage
8. Internacia - International
9. Kampanjoj - Campaigns
10. Kondiĉoj - Conditions
11. Koridoroj - Corridors
12. Liberigita - Released
13. Malliberejo - Prison
14. Malkaŝi - To reveal, uncover
15. Premgrupoj - Pressure groups

Ombroj de la Antikva Egipto

Neatendita Malkovro

Sir Humphrey, eminenta brita arkeologo, alvenis sur la varmajn sablojn de Egiptujo kun unu celo: esplori la antikvajn ruinojn, kiuj promesis malkaŝi sekretojn de la pasinteco. Lia teamo, konsistanta el spertaj esploristoj kaj lokaj laboristoj, komencis sian laboron sub la brulanta suno.

Dum intensa fosado, unu el la laboristoj vokis Sir Humphrey al stranga malkovro: nekonata enirejo kaŝita sub la sablo, kiu ŝajnis netuŝita de la tempo. Kun korbatado de ekscito, Sir Humphrey kaj lia teamo malfermis la enirejon, malkovrante subteran ĉambron plenan je artefaktoj kaj skribaĵoj, kiujn la okuloj de la moderna mondo ankoraŭ ne vidis.

Inter la malkovroj, ili trovis skribaĵojn en antikva egipta lingvo, kiuj ŝajnis rakonti historiojn kaj sekretojn longe perditajn al la tempo. "Ĉi tio povus vere ŝanĝi nian komprenon pri la antikva egipta civilizacio," murmuris Sir Humphrey, palpebrumante pro nekredemo.

Malgraŭ avertoj de lokaj gvidantoj, kiuj insistis, ke iuj sekretoj estu lasitaj nedisturbitaj, Sir Humphrey ne povis rezisti la allogon de la nekonato. Li decidis esplori pli profunde, fervore volante malkovri la veron malantaŭ la fermitaj pordoj de la historio.

Nokte, dum la teamo ripozis ĉirkaŭ la tendarejo, Sir Humphrey restis veka, aŭdante flustrojn portitajn de la vento. Lia intuicio diris al li, ke io ne estas en ordo. La sekvan matenon, liaj timoj konfirmiĝis kiam li malkovris, ke iuj el liaj notoj kaj fotoj mistere malaperis.

"Ŝajnas, ke ni ne estas solaj en nia intereso pri ĉi tiuj malkovroj," li diris al sia teamo, sentante mikson de ekscito kaj maltrankvilo. La suspekto, ke iu aŭ io sekvas ilian progreson, nur plifortigis lian decidon malkovri la sekretojn, kiujn la subtera ĉambro kaŝis.

Dum la tagoj pasis, Sir Humphrey sentis la pezon de sia decido pli kaj pli. Li sciis, ke li bezonos helpon por malkodi la antikvajn skribaĵojn kaj malkaŝi la veran signifon de sia malkovro. Kun determino en sia koro, li decidis serĉi eksperton pri la antikva egipta lingvo, esperante, ke kuna scio povus malfermi la pordojn al pasinteco ankoraŭ nekomprenita.

La neatendita malkovro sub la sabloj de Egiptujo estis nur la komenco de serio da eventoj, kiuj kondukos Sir Humphrey kaj lian teamon tra vojo de misteroj, danĝeroj, kaj historioj, kiuj defias la limojn de tempo kaj kredo. La aventuro nur komenciĝis, kaj la sekretoj, kiujn ili devos alfronti, promesis ŝanĝi ilin por ĉiam.

1. Arkeologo - Archaeologist
2. Artefaktoj - Artifacts
3. Avertadoj - Warnings
4. Ekscito - Excitement
5. Eminentaj - Eminent
6. Enirejo - Entrance
7. Fosado - Digging
8. Intuicio - Intuition
9. Malkovro - Discovery
10. Maltrankvilo - Anxiety
11. Misterie - Mysteriously
12. Nekonata - Unknown
13. Sablo - Sand
14. Skribaĵoj - Writings
15. Subtera - Underground

En la Ombroj

Post sia neatendita malkovro, Sir Humphrey komprenis, ke li bezonas la helpon de eksperto por malkodi la antikvajn egiptajn skribaĵojn. Li kontaktis doktorinon Aminan, renomitan fakulinon pri la antikva egipta lingvo. Doktorino Amina, intrigita kaj fascinita de la priskribo de la malkovro, tuj konsentis helpi.

Dum ili laboris kune, ĉirkaŭitaj de la misteraj artefaktoj kaj skribaĵoj, ambaŭ sentis kvazaŭ nevidataj okuloj observas ĉiun ilian movon. La sento de esti observata fariĝis pli forta, kiam ili malkovris menciojn de sekreta organizo en la skribaĵoj. La teksto sugestis, ke ĉi tiu grupo senĉese laboras por konservi la antikvan egiptan kulturon vivanta, eble eĉ ĝis hodiaŭ.

Intrigitaj kaj nun pli scivolemaj ol iam ajn, Sir Humphrey kaj doktorino Amina decidis profundigi sian esploron pri ĉi tiu mistera grupo. Ili serĉis informojn en loka arkivo, esperante trovi iujn ajn indikojn pri la ekzisto kaj agadoj de la organizo.

Tamen, ilia serĉado rapide fariĝis danĝera. Dum ili foliumis malnovajn dokumentojn en la arkivo, nekonataj viroj subite atakis ilin. La atako estis tute neatendita, sed per rapida pensado kaj ago, Sir Humphrey kaj doktorino Amina sukcesis eskapi, iliaj koroj batantaj pro adrenalino.

Post la atako, klaris, ke ilia esploro alportis ilin tro proksime al danĝero. Sir Humphrey ricevis minacan mesaĝon, avertante lin haltigi sian esploron. Sed anstataŭ timigi ilin, la minaco nur plifortigis ilian decidon malkovri la veron.

Malgraŭ la avertoj kaj la klara danĝero, kiun ili nun alfrontis, Sir Humphrey kaj doktorino Amina planis ekskurson al la specifa loko menciita en la skribaĵoj. Ili sciis, ke la sekretoj kaŝitaj tie povus havi gravajn implicojn por la kompreno de antikva Egiptujo, kaj eble eĉ por la moderna mondo.

Kun komuna celo kaj fortigitaj de sia komuna scivolemo, ili preparis sin por la sekva fazo de sia aventuro. Ili estis deciditaj malkovri, kio aŭ kiu staras en la ombroj, gardante la sekretojn de la antikva Egiptujo tiom zorge kaj, laŭŝajne, danĝere. La vojaĝo al la mistera loko promesis riveli pli ol ili iam povus imagi.

1. Adrenalinŝoko - Adrenaline shock
2. Aventuro - Adventure
3. Avertante - Warning
4. Danĝero - Danger
5. Ekskurson - Excursion
6. Esploron - Research
7. Fascinita - Fascinated
8. Foliumis - Browsed, Flipped through
9. Intrigita - Intrigued

10. Konservi - To preserve
11. Malkodi - To decode
12. Minacan - Threatening
13. Mistera - Mysterious
14. Nekonataj - Unknown
15. Scivolemo - Curiosity

Sekretaj Padoj

Survoje al la mistera loko menciita en la antikvaj skribaĵoj, Sir Humphrey, doktorino Amina, kaj ilia gvidisto trairis la varmajn sablojn de la dezerto. Subite, ilia gvidisto, sen ia averto, malaperis kiel fantomo en la aero, lasante ilin solaj kaj senorientaj.

Kun maltrankvila sento, Sir Humphrey kaj doktorino Amina daŭrigis sian vojaĝon ĝis ili trovis kaŝitan enirejon en la flanko de malnova templo. La enirejo, apenaŭ videbla inter la sablo kaj ŝtonoj, kondukis ilin en la koron de la templo, kie ili malkovris pli da artefaktoj kaj skribaĵoj, ĉiu pli miriga ol la lasta.

Tamen, ilia esploro subite estis interrompita, kiam la pordo brue fermiĝis malantaŭ ili, kaptante ilin en la silento de la templo. Ili aŭdis paŝojn alproksimiĝantajn en la mallumo, kaj iliaj koroj batadis pro timo kaj anticipa ekscito.

El la ombroj, membro de la sekreta organizo aperis, lia rigardo fiksa kaj serioza. "Kio estas viaj intencoj ĉi tie?" li demandis, lia voĉo resonanta en la malvasta ĉambro.

Post longa kaj intensa diskuto, dum kiu Sir Humphrey kaj doktorino Amina klarigis sian scivolemon kaj respekton por la antikva egipta kulturo, la membro de la organizo finfine decidis fidi ilin. "Mi montros al vi parton de nia mondo, sed vi devas promesi, ke la sekretoj restos sekuraj," li diris.

Li gvidis ilin tra serio de subteraj koridoroj, kie la muroj brilis per oro kaj la historio de miljaroj. La organizo, kiel ili malkovris, estis dediĉita al la konservado de la antikva egipta identeco kaj kulturo, gardante ĝin kontraŭ la influoj de la moderna mondo.

Antaŭ ol ili forlasis la subteran mondon, la membro de la organizo avertis Sir Humphrey kaj doktorinon Amina pri la sekvoj, kiujn malkaŝado de ĉi tiu sekreto povus havi. "La mondo ne estas preta por ĉi tio," li diris, liaj okuloj montrante mikson de timo kaj maltrankvilo.

Sir Humphrey kaj doktorino Amina eliris el la templo kun novaj komprenoj kaj multaj demandoj. La sekretaj padoj, kiujn ili sekvis, ne nur kondukis ilin tra la fizikaj koridoroj de la templo, sed ankaŭ tra la metaforaj labirintoj de historio kaj kulturo, defiante ilin repensi sian rolon kiel gardantoj de la pasinteco. La aventuro en la ombroj malfermis iliajn okulojn al mondo, kiu estis samtempe mirinda kaj terura, kaj ili sciis, ke ilia vojaĝo estis malproksime de finita.

1. Antaŭo - Warning, Forewarning
2. Averto - Warning
3. Artefaktoj - Artifacts
4. Diskuto - Discussion
5. Enirejo - Entrance
6. Esploro - Research, Exploration
7. Gvidisto - Guide
8. Identeco - Identity
9. Intencoj - Intentions
10. Kapti - To capture, To trap
11. Konservado - Preservation
12. Koridoroj - Corridors
13. Maltrankvila - Anxious, Uneasy
14. Membro - Member
15. Mistera - Mysterious

Danĝera Rivelacio

Unu varmega tago, dum la sabloj de la dezerto dancis en la vento, maltrankvila sciigo atingis la sekretan societon. La novaĵo rapide disvastiĝis inter la membroj: brita militistaro estis vidita proksimiĝanta al ilia kaŝejo. S-ro Humphrey, nun profunde implikita en la misteroj kaj celoj de la organizo, sentis la pezon de la novaĵo kiel baton al sia brusto.

Li kunsidis kun la gvidantoj de la societo, aŭskultante ilian zorgoplenan priskribon de la situacio. "Ni alfrontas senprecedencan danĝeron," diris unu el ili, lia voĉo tremanta pro urĝo. S-ro Humphrey sciis, ke li staras ĉe krucvojo: ĉu aliĝi al siaj britaj samlandanoj, kiujn li iam fidis kaj sekvis, aŭ defendi la sekretan societon, kiu malkaŝis al li veron, kiun li neniam povus imagi.

Dum la noktoj pasis, la interna konflikto en S-ro Humphrey kreskis kaj pligraviĝis. Li sole marŝis tra la malhelaj koridoroj de la templo, pripensante la gravecon de sia elekto. "Kio estas pli grava?" li demandis al si. "Fideleco al mia lando, aŭ la konservado de tiuj antikvaj sekretoj, kiuj povas esti perdita por ĉiam?"

Dum li batalis kun siaj pensoj, li malkovris ion nepriskribeblan pri si mem: profundan ligon al la antikva egipta kulturo kaj la sekretoj, kiujn ĝi kaŝis. Ĉi tiu malkovro nur plifortigis liajn dubojn kaj konfuzon.

La membroj de la societo observis lin, iliaj vizaĝoj atente spegulantaj liajn pensojn. Ili komprenis la gravecon de lia decido kaj atendis kun streĉo.

La tempo por decidi rapide alproksimiĝis, kaj la premo kreskis ĝis nepenseblaj niveloj. S-ro Humphrey sciis, ke li devas agi rapide, sed lia koro estis plena de duboj.

Finfine, kun peza koro kaj klara menso, li elektis. Li decidis stari kun la sekreta societo, defendante la sekretojn kaj trezorojn, kiujn ili tiel zorge gardis. "Mia loko estas ĉi tie, kun vi," li diris al la membroj, lia voĉo firma sed plena de emocio.

Tiu elekto ne estis facila, kaj la sekvoj de ĝi estis neklaraj. Sed en tiu momento, S-ro Humphrey sciis, ke li faris tion, kion lia koro kaj konscienco diris al li estis ĝusta. Kun nova determino, li preparis sin por la venontaj defioj, konscia pri la danĝeroj, sed ankaŭ pri la graveco de la tasko, kiu kuŝis antaŭ li.

1. Antikva - Ancient
2. Blovo - Blow, Shock
3. Dancis - Danced
4. Danĝero - Danger
5. Defendi - To defend
6. Disvastiĝis - Spread
7. Duboj - Doubts
8. Gvidantoj - Leaders
9. Internaj - Internal
10. Konflikto - Conflict
11. Krucvojo - Crossroads
12. Maltrankvila - Anxious, Uneasy
13. Militistaro - Military
14. Priskribo - Description
15. Sciigo - Notification, News

Tago de Elekto

La decido de S-ro Humphrey stari kun la sekreta societo kaj defendi iliajn sekretojn estis akceptita kun miksitaj sentoj de admiro kaj zorgo inter la membroj. Li alparolis la estraron, sia voĉo plena de konvinko. "Mi estas kun vi," li deklaris. "Mi promesas batali kun vi, por protekti ĉi tiujn sekretojn, kiujn ni ĉiuj konsideras sanktaj."

Dum ili preparis sin por la neevitebla konfrontiĝo kun la britaj fortoj, S-ro Humphrey sentis kiel la sperto igis lin pli forta, pli decidita. Li aktive partoprenis en la preparoj, lia menso kaj koro plenaj de determino kaj klareco pri la graveco de ilia batalo.

La membroj de la societo, nun vidantaj lin ne nur kiel aliancanon sed ankaŭ kiel parton de sia komunumo, ofertis sian subtenon kaj respekton. Ili zorgis pri liaj bezonoj, certigante, ke li estu preta por la venontaj defioj.

La atmosfero densiĝis kun atendo kaj streĉo dum la tago de la konfrontiĝo alproksimiĝis. S-ro Humphrey, nun plene integrita en la vivo de la sekreta societo, preparis sin por la batalo, sia animo plena de batalpreteco kaj konscio pri la pezo de ilia entrepreno.

Li pasigis la lastajn momentojn antaŭ la konfrontiĝo meditante pri la serio de elektoj kaj eventoj, kiuj lin ĉi tien kondukis. La vojaĝo de malkovro, danĝero, kaj finfine, elekto inter du mondoj, lasis lin profundigita kaj transformita.

Kiam la suno supreniris super la vasta dezerto, ĝi lumigis la scenon por la venonta konfrontiĝo. S-ro Humphrey, starante kun la membroj de la sekreta societo, rigardis la horizonton, kie li jam povis vidi la alproksimiĝantajn siluetojn de la britaj fortoj.

En tiu momento, kun la lumo de la frua mateno brilanta sur lian vizaĝon, li sentis sin preta alfronti sian sorton. Ne plu dividita inter du mondoj, sed plene dediĉita al la kaŭzo de la sekreta societo, S-ro Humphrey staris fiera kaj preta por defendi la sekretojn kaj trezorojn, kiujn ili tiel zorge gardis. La venontaj horoj decidos ne nur lian sorton, sed ankaŭ la estontecon de la antikvaj sekretoj, kiujn li nun tiel profunde respektis.

1. Admiro - Admiration
2. Alfronti - To face, confront
3. Atendo - Expectation
4. Batalo - Battle
5. Decidiĝinta - Determined
6. Densiĝis - Thickened, Became tense
7. Estraro - Board, Committee
8. Integrita - Integrated
9. Konfrontiĝo - Confrontation
10. Konvinko - Conviction
11. Meditante - Meditating
12. Preparoj - Preparations
13. Respekto - Respect
14. Sanktaj - Sacred
15. Streĉiteco - Tension

La Klimakso en Egiptujo

En la koro de la dezerto, sub la brulanta suno, la antikva templo fariĝis la scenejo de intensa batalo inter la britaj militistoj kaj la sekreta societo. La aero vibris pro la sonoj de konflikto, kaj la grundo tremis sub la pezo de la lukto. S-ro Humphrey, starante kune kun la membroj de la sekreta societo, sentis sin pli konfuzita kaj dividita ol iam ajn antaŭe.

Kun ĉiu paŝo kaj ĉiu movo, li pli profunde konsciis pri la graveco de sia malkovro kaj la pezaj sekvoj de siaj elektoj. La sekreta societo, kvankam malgranda en nombro, batalis kun nekredebla fervoro kaj decidemo, defendante siajn sekretojn kaj sian manieron de vivo kontraŭ la invadantaj fortoj.

Dum la batalo furiozis, la antikva templo, atestanto de jarcentoj da historio, komencis disfali kaj ruiniĝi ĉirkaŭ ili. La konflikto ne nur simbolis la batalon inter du fortoj, sed ankaŭ la detruon de nepriskribebla valoro kaj heredaĵo.

Subite, grupo de britaj soldatoj eniris la templon kun klara celo: aresti la arkeologon kaj la membrojn de la sekreta societo. S-ro Humphrey, starante meze de la ĥaoso, sentis la tutan pezon de la situacio preminte sur siajn ŝultrojn. Li komprenis, ke liaj decidoj kondukis ĉiujn ĉi tien, al ĉi tiu momento de pereo kaj perdo.

Turnante sin al la membroj de la societo, li petis ilian pardonon kun voĉo plena de bedaŭro kaj doloro. "Mi neniam intencis, ke ĉi tio okazu," li diris, liaj okuloj serĉantaj komprenon kaj eble pardonon en iliaj vizaĝoj.

La batalo finiĝis tiel subite kiel ĝi komenciĝis, kun la aresto de S-ro Humphrey kaj la membroj de la sekreta societo. Ili estis forigitaj el la ruinoj de la templo, kiu nun staris kiel muta atestanto de la perdo kaj la danĝeroj de troa scivolemo.

La sekvoj de la batalo lasis nur ruinojn kaj senesperon en sia vekiĝo. Por S-ro Humphrey, la fino de la batalo markis la komencon de profunda introspekto pri la signifo de liaj agoj kaj la vera valoro de la sekretoj, kiujn li tiel arde serĉis malkovri. La tago de elekto kondukis lin al momento, kiu definitive ŝanĝis la kurson de lia vivo, lasante lin pripensi pri la prezo de liaj decidoj kaj la fragila ekvilibro inter scio kaj la respondeco, kiu venas kun ĝi.

1. Antaŭo - Forefront, Core
2. Batalo - Battle
3. Brulanta - Burning
4. Decidemo - Determination
5. Disfali - To collapse
6. Envadantaj - Invading
7. Fero - Ferocity
8. Introspekto - Introspection
9. Konflikto - Conflict
10. Konsekvencoj - Consequences
11. Malkovro - Discovery
12. Pereo - Doom, Destruction
13. Respondeco - Responsibility
14. Ruiniĝi - To crumble, ruin
15. Vibras - Vibrates

La Sekura Haveno

Ombroj Super Francio

La familio Leclerc loĝis en Vichy Francio. Ili estis judoj kaj sentis, ke la danĝero kreskas kun ĉiu tago. La nazioj persekutis judojn, kaj novaĵoj pri deportadoj kaj arestoj fariĝis ĉiam pli oftaj.

Unu vesperon, Joseph, la patro de la familio, ricevis sekretan informon. "Estas sekura loko en la itala okupata zono," li diris al sia familio. Ili ĉiuj sidis ĉirkaŭ la tablo, maltrankvilaj.

"Sed kion ni faros pri nia hejmo?" demandis lia edzino, Maria.

"Ni devas forlasi ĉion. Nia sekureco estas pli grava," respondis Joseph.

La decido estis malfacila. Post kelkaj tagoj, ilia proksima amiko malaperis. Tio konvinkis ilin, ke ili devas agi rapide.

Ili komencis sekretajn preparojn por foriri. Noktomeze, kun nur kelkaj personaj aĵoj, ili forlasis sian hejmon. La vojaĝo estis danĝera. Ili evitis patrolantajn soldatojn kaj kontrolpunktojn.

Dum ilia vojaĝo, ili renkontis homojn, kiuj helpis ilin. Tiuj bonkoraj homoj gvidis la familion al la itala zono.

Post kelkaj tagoj da streĉa vojaĝo, ili fine atingis la italan okupatan teritorion. Tie, ili renkontis italajn soldatojn. La familio estis tre maltrankvila.

"Ni estas ĉi tie por protekti vin," diris unu el la soldatoj. "Ni gvidos vin al sekura loko."

La familio Leclerc sekvis la soldatojn al malgranda vilaĝo. Tie, ili sentis sin sekuraj por la unua fojo post multaj tagoj.

"Ĉi tie ni povas komenci novan vivon," diris Joseph al sia familio, rigardante ilin kun espero en la okuloj.

La familio dankis la soldatojn. Ili sciis, ke la vojaĝo estis malfacila, sed nun ili trovis sekuran havenon.

1. Arestoj - Arrests

2. Bonkoraj - Kind-hearted
3. Danĝero - Danger
4. Deportadoj - Deportations
5. Evitis - Avoided
6. Forlasi - To leave, abandon
7. Haveno - Haven
8. Kontrolpunktojn - Checkpoints
9. Malaperis - Disappeared
10. Malgranda - Small
11. Maltrankvila - Anxious, Uneasy
12. Nazioj - Nazis
13. Patrolajn - Patrolling
14. Persekutis - Persecuted
15. Sekretoj - Secrets

Rigardo de Espero

La familio Leclerc alvenis en malgrandan urbon, kie jam formiĝis komunumo de rifuĝintoj. Ili estis varme bonvenigitaj de Angelo, reprezentanto de la loka juda komitato, kiu helpis ilin establiĝi.

"Bonvenon," Angelo diris kun varma rideto. "Ni faros ĉion eblan por helpi vin ĉi tie."

"Sed kion ni faros pri nia hejmo? Pri nia estonteco?" Maria, la edzino de Joseph, maltrankvile demandis.

"Ĉi tie vi estas sekuraj, kaj ni kune laboros por konstrui novan vivon," Angelo respondis, metante manon sur ŝian ŝultron.

Dum la tagoj pasis, la familio lernis pri la klopodoj de Angelo Donati por protekti judojn kontraŭ persekuto. Kvankam ili sentis relativan sekurecon, la nova, necerta vivo estis plena de defioj. Joseph kaj lia edzino, Maria, strebis konservi senton de normaleco por siaj infanoj, Sarah kaj David.

"Ni aŭdis rakontojn pri la vojaĝoj de aliaj familioj," Joseph diris dum vespermanĝo. "Ĉiu rakonto estas miksaĵo de perdo kaj espero."

La komunumo ligiĝis per komunaj spertoj kaj la reciproka deziro por paco. Tamen, novaĵoj pri la progreso de la milito alportis angoron kaj timon pri la estonteco.

"Sekreta kunveno okazos ĉi-vespere," Angelo flustris al Joseph. "Ni devas diskuti niajn planojn por rezisto kaj protekto."

Meze de timo, forta sento de solidareco emerĝis, unuigante la rifuĝintojn. La Leclerc-familio, nun parto de ĉi tiu nova komunumo, sentis miksaĵon de dankemo kaj zorgo.

"Ĉi tie ni povas komenci novan vivon," Joseph diris al sia familio, rigardante ilin kun espero en la okuloj.

Ili trovis iom da lumo en la ombroj de la milito, promeson de espero eĉ en la plej malfacilaj tempoj.

1. Alvenis - Arrived
2. Angoro - Anxiety
3. Bonvenigitaj - Welcomed
4. Defioj - Challenges
5. Espero - Hope
6. Establiĝi - To settle, to establish oneself
7. Estonteco - Future
8. Flustris - Whispered
9. Klopodoj - Efforts
10. Komunumo - Community
11. Maltrankvile - Anxiously
12. Normaleco - Normalcy
13. Perdo - Loss
14. Persekuto - Persecution
15. Solidareco - Solidarity

Ombroj kaj Lumo

La streĉiteco kreskis kiam onidiroj disvastiĝis pri nazioj planantaj superregi la italajn protektojn. Joseph, nun plene engaĝita en la klopodoj de la komitato, alfrontis novajn defiojn kune kun sia familio.

Dum vespermanĝo, Joseph dividis siajn pensojn kun la familio. "Ni eble devos agi rapide," li diris, rigardante ĉiun el ili. "Sed ni estas ĉi tie unu por la alia, ne forgesu tion."

David, la plej juna filo, trovis neatenditan amikecon kun itala soldato, montrante la kompleksajn homajn ligojn preter la milito.

"Ĉu vi pensas, ke ĉio estos bone?" demandis David, kun naiva espero en siaj okuloj.

"Mi esperas, filo," respondis Joseph, kaptante lin en brakumo.

La Leclerc-familio festis modestan, sed signifoplenan Pesaĥon, markante ilian unuan en ekzilo. En momento de reflekto, Joseph skribis leteron al siaj estontaj nepoj, dokumentante ilian vojaĝon kaj la esperon por pli bona mondo.

La rakonto finiĝas kun la familio rigardanta super la horizonto, la estonteco neklara sed ilia decido neŝanceliĝa, starante kune antaŭ la malfacilaĵoj. "Kune, ni trovos nian vojon," diris Joseph, lia voĉo plena de konvinko kaj espero.

1. Alfrontis - Faced
2. Amikecon - Friendship
3. Brakumo - Hug
4. Decido - Decision
5. Defiojn - Challenges
6. Disvastiĝis - Spread
7. Dokumentante - Documenting
8. Ekzilo - Exile
9. Engaĝita - Engaged
10. Espero - Hope
11. Estonteco - Future
12. Festis - Celebrated

13. Komitataj - Committee
14. Malfacilaĵoj - Difficulties
15. Onidiroj - Rumors

Spiono Kontraŭ la Sklava Komerco

Mistera Renkonto

Post longa kaj laciga vojaĝo, Raj finfine alvenis en la varman kaj humidan aeron de Zanzibaro. La insulo, konata pro siaj ekzotikaj spicoj kaj riĉa historio, nun estis la scenejo de lia plej danĝera misio. Kiel hindano sendita de la britoj, lia celo estis klara: malkovri kaj raporti pri la sekretaj agadoj de sklavtransportaj velŝipoj.

Loĝante en malgranda gastejo proksime de la haveno, Raj rapide rimarkis noktajn movadojn, kiuj ne kongruis kun la kutima agado de komerca haveno. Ŝipoj venis kaj foriris je nekutimaj horoj, kaj homoj flustre parolis pri la agadoj de certaj komercistoj.

Unu tagon, dum li promenis laŭ la haveno, Raj renkontis lokan fiŝkaptiston nomatan Ali. Ali, viro kun malferma vizaĝo kaj amika rideto, ŝajnis scii multe pli ol simple kie kapti la plej bonajn fiŝojn.

"Saluton, mia nomo estas Raj. Mi estas nova ĉi tie," diris Raj, etendante sian manon.

"Saluton, Raj. Mi nomiĝas Ali. Kion vi serĉas en Zanzibaro?" Ali demandis, kun scivola rigardo.

"Mi estas ĉi tie pro... komerco. Sed mi rimarkis iujn strangaĵojn ĉe la haveno. Ĉu vi scias ion pri tio?" Raj demandis, esperante ke Ali povus oferti iujn indicojn.

Ali rigardis ĉirkaŭen, kaj poste parolis pli mallaŭte, "Jes, estas multaj sekretoj ĉi tie. Sed paroli pri ili povas esti danĝere. Kial vi interesiĝas?"

Raj, sentante ke li povus fidi Ali, decidis malkaŝi iom da vero. "Mi estas ĉi tie por helpi fini maljustan komercon... la sklavan komercon."

Ali, impresita de la sincereco kaj kuraĝo de Raj, decidis helpi. "Mi aŭdis pri sekreta kunveno inter la sklavo-komercistoj. Ili baldaŭ planas novan transporton."

Decidinte agi, Raj sekvis grupon de komercistoj, kiujn Ali indikis al li, al malproksima magazeno. Kaŝe observante, li aŭdis ilin diskuti pri la alveno de nova ŝarĝo da sklavoj. Tamen, dum li provis registri iliajn planojn, bruo de falinta objekto preskaŭ malkovris lin.

"Kio estis tio?" demandis unu el la komercistoj.

"Kontrolu! Eble spiono aŭ ŝtelisto," respondis alia, kun mano sur sia glavo.

Raj, kun koro batanta rapide, trovis kaŝejon malantaŭ kelkaj skatoloj. Dum la komercistoj serĉis, li pripensis sian venontan movon. Li sciis, ke lia misio ĵus komenciĝis kaj ke la vojo antaŭ li estos danĝera kaj plena je defioj. Sed kun Ali kiel sia nova aliancano, li sentis sin preta alfronti kion ajn la destino ĵetus al ili. La batalo kontraŭ la sklava komerco en Zanzibaro estis nur komenciĝanta.

1. Agado - Activity
2. Aliancono - Ally
3. Danĝera - Dangerous
4. Ekzotika - Exotic
5. Fidi - To trust
6. Fiŝkaptisto - Fisherman
7. Flustri - To whisper
8. Komerco - Commerce, Trade
9. Laciga - Tiring
10. Maljusta - Unfair
11. Malproksima - Distant
12. Raporti - To report
13. Sekreta - Secret
14. Serĉi - To search, To look for
15. Skatolo - Box

Profunda Enfiltrado

Post siaj unuaj sukcesaj paŝoj en la ombraj akvoj de la Zanzibara sklava komerco, Raj sentis, ke la vera defio nur ĵus komenciĝis. Li lernis pri la planita sekva velado de sklava ŝipo kaj komprenis, ke por malhelpi ĝin, li devos riski pli ol iam antaŭe.

Dum matenmanĝo en la gastejo, Raj pripensis sian venontan movon. "Mi devas proksimiĝi al la sklavo-komercistoj," li diris al si. "Sed kiel gajni ilian fidon?"

La ŝanco prezentiĝis pli frue ol atendite. Dum li promenis apud la haveno, Raj aŭdis grupon de komercistoj parolantajn pri la nova ŝarĝo de sklavoj. Kun kuraĝo en sia koro, li alproksimiĝis al ili.

"Pardonu, sinjoroj. Mi aŭdis, ke vi parolis pri aĉetado de sklavoj. Mi mem serĉas bonajn negocajn ŝancojn," Raj diris, provante kaŝi sian nervozon.

Unu el la komercistoj, viro kun suspektinda rigardo, respondis: "Kaj kiu vi estas? Ni ne konas vin."

"Mia nomo estas Raj. Mi estas komercisto el Hindio, interesita pri diversaj negocoj ĉi tie en Zanzibaro," Raj respondis, esperante ke lia mensogo pasus.

Post kelkaj momentoj de taksado, la komercisto diris, "Bone, venu kun ni. Nia ĉefo ĵus serĉas novajn partnerojn."

Tiel Raj estis invitita al privata renkontiĝo kun la ĉefkomercisto, viro nomata Hasan, kiu regis grandan parton de la sklava komerco en la regiono. Dum la renkontiĝo, Raj atente aŭskultis, registrante ĉion en sia menso por poste raporti al siaj britaj kontaktoj.

"Ni havas grandan ŝarĝon de sklavoj planitan por la venonta velado. Ĉi tiu afero povus esti tre profita por ĉiuj koncernatoj," Hasan diris, montrante mapon de la mara itinero.

Raj, ŝajnigante intereson, demandis detale pri la nombro de sklavoj kaj la destinaĵo de la ŝipo. "Kaj kiam ĉi tiu velado okazos?" li demandis.

"La datoj estas konfidencaj. Sed se vi vere interesiĝas pri partopreno, ni povas aranĝi tion," Hasan respondis, rigardante Raj-on atente.

Post la renkontiĝo, Raj rapidis al sia ĉambro por skribi ĉion, kion li lernis, kaj sendis la informojn al sia brita kontakto per sekreta mesaĝo. La respondo ne malfruis: li ricevis novajn instrukciojn por pli detale esplori la velŝipojn, specife ilian sekurecon kaj preparlaborojn.

Vespere, Raj riskis viziton al la sklava ŝipo. Kaŝante sin en la ombroj, li observis la preparlaborojn. La sekureco estis efektive strikta, kun multaj gardistoj patrolantaj la areon.

"Ĉi tiu misio estas pli danĝera ol mi pensis," Raj flustris al si, dum li observis la gardistojn. "Sed mi devas daŭrigi. La informoj, kiujn mi povas kolekti, eble savos centojn da vivoj."

Kun nova determino, Raj planis sian venontan movon. Li sciis, ke ĉiu paŝo antaŭen enigus lin pli profunde en la danĝeron, sed la ŝanco malhelpi la sklavan komercon estis tro grava por ignori. La nokto en Zanzibaro estis longa, kaj la ombroj kaŝis ne nur danĝerojn sed ankaŭ la eblon ŝanĝi la kurson de historio.

1. Afero - Matter, Affair
2. Aranĝi - To arrange
3. Aŭskulti - To listen
4. Ĉambro - Room
5. Ĉefkomercisto - Chief trader
6. Danĝero - Danger
7. Detale - In detail
8. Esplori - To explore, Investigate
9. Gajni - To win, Gain
10. Kuraĝo - Courage
11. Negocoj - Businesses
12. Nervozo - Nervousness
13. Ombroj - Shadows
14. Patroli - To patrol
15. Preparlaboroj - Preparations

Danĝeraj Aliancanoj

Kun ĉiu tago, kiu pasis en Zanzibaro, Raj kaj Ali fariĝis pli ol nur konatoj; ili fariĝis aliancanoj en danĝera ludo kontraŭ la tempo. Ilia misio, pli klara nun ol iam ajn, estis malkovri kaj haltigi la sekretajn agadojn de la sklavoportaj velŝipoj.

Unu vesperon, dum ili sidis en malgranda kafejo apud la haveno, Ali turnis sin al Raj kun grava novaĵo. "Mi aŭdis, ke nova ŝarĝo de sklavoj alvenos tre baldaŭ," li flustris, zorge rigardante ĉirkaŭen por certigi, ke neniu aŭdas ilin.

Raj, kies okuloj brilis pro la novaĵo, tuj respondis, "Ni devas sekvi ilin. Se ni povas malkovri, kien ili estas transportitaj, ni eble povos fari ion por haltigi ĝin."

Ali konsentis, kaj ili ambaŭ planis sian venontan movon. Kun sia loka scio, Ali gvidis Raj-on laŭ sekreta itinero, kiun la sklavo-komercistoj uzis por eviti la atenton de la brita mararmeo. Ilia plano estis riska, sed necesa.

Dum ilia nokta esplorado, ili marŝis proksime al la marbordo, kiam subite la silento de la nokto estis rompita per la sono de patrolŝipo. Ambaŭ viroj haltis, koroj batantaj rapide.

"Rapide, sekvu min!" Ali flustris, tirante Raj-on al kaŝvojo tra la marbordaj klifoj. Ili moviĝis kun ekstrema singardemo, evitante detekton dum ili proksimiĝis al la loko, kie la sklavoj estis sekrete ŝarĝitaj sur la velŝipojn.

Kaŝite inter la rokoj, ili observis en silento. Raj rapide notis la itineron kaj la nombron de la sklavoj, memorante ĉiun detalon por poste raporti.

Subite, bruego interrompis ilian atenton. Io aŭ iu estis en la areo. Raj kaj Ali rigardis unu la alian, timo videbla en iliaj okuloj. Ili rapide kaŝis sin malantaŭ grandaj rokoj, spirante malrapide por ne fari brueton.

Tra la mallumo, ili vidis grupon de armitaj viroj patrolantaj la areon, verŝajne serĉante kontraŭleĝajn agadojn aŭ eble aliajn kiel ili, kiuj provas malkovri la veron.

Kun ĉiu paŝo de la armitaj viroj, Raj kaj Ali restis senmove, koroj batantaj en iliaj brustoj. Post kio ŝajnis kiel eterneco, la viroj finfine forlasis la areon, kaj la du konspirantoj povis spiri libere denove.

Kiam ili finfine revenis al la sekureco de sia kaŝejo, Ali diris, "Ĉi tio estis tro proksima. Ni devas esti eĉ pli singardemaj en la estonteco."

Raj, ankoraŭ tremanta de la adrenalinŝoko, respondis, "Vi pravas. Sed nun ni scias ilian sekretan itineron. Ĉi tiu informo povas helpi nin fari la sekvan paŝon en nia batalo kontraŭ la sklava komerco."

Dum ili sidis en la ombroj, pensante pri sia proksima renkonto kun danĝero, ambaŭ viroj sciis, ke la venontaj tagoj estos pli riskaj ol iam ajn. Sed ilia determino restis neŝanceliĝa; malkovri la veron kaj haltigi la maljustan komercon estis tro grava por retiriĝi nun.

"Ni devas informi viajn britajn kontaktojn pri tio, kion ni malkovris," diris Raj, decideme. "Ili devas scii pri la sekreta itinero kaj la planitaj veladoj."

Ali konsentis, "Jes, kaj ni devas agi rapide. Ĉiu momento gravas por tiuj senhelpaj sklavoj atendante sian sorton sur tiuj velŝipoj."

La nokto malrapide transiris al mateno, kaj dum la unuaj sunradioj lumigis la ĉielon, Raj kaj Ali preparis sin por la venontaj defioj. Ilia alianco, kvankam naskita el danĝero kaj neceso, fariĝis fundamento de ilia lukto kontraŭ la sklava komerco. Ili sciis, ke la vojo antaŭ ili estos plena je riskoj, sed ilia kuraĝo kaj amikeco donis al ili la forton daŭrigi.

Dum ili planis sian venontan movon, Raj pripensis la gravecon de ilia misio. "Ni estas kiel du lumoj en la mallumo, Ali. Eble ni estas nur du homoj, sed kun ĉiu paŝo kontraŭ la sklaveco, ni faras la mondon iom pli bona."

Ali ridetis, "Mi neniam pensis pri tio tiel, Raj. Sed vi pravas. Kune, ni povas fari ŝanĝon."

Kun nova tago antaŭ ili, Raj kaj Ali rekomencis sian laboron, gviditaj de espero kaj determino. Ilia vojaĝo estis danĝera, sed la ebleco kontribui al la fino de terura maljusteco donis al ili la kuraĝon fronti kio ajn venos. La batalo kontraŭ la sklava komerco en Zanzibaro estis nur unu ĉapitro en la pli granda rakonto de homa lukto por libereco kaj justeco, kaj Raj kaj Ali estis pretaj skribi la sekvan paĝon, koste kio ajn.

1. Agadojn - Activities
2. Aliancanoj - Allies
3. Bruego - Noise, Clamor
4. Ĉapitro - Chapter
5. Detekton - Detection
6. Esplorado - Exploration
7. Flustris - Whispered
8. Itinero - Route
9. Kaŝejo - Hideout
10. Kaŝvojo - Hidden path
11. Klifoj - Cliffs
12. Kontraŭleĝajn - Illegal
13. Lokan - Local (knowledge)
14. Marbordo - Seashore
15. Patrolŝipo - Patrol ship

Maltrankvila Alianco

Raj kaj Ali, nun pli deciditaj ol iam ajn, planis sian plej aŭdacan movon ĝis nun: profunde infiltri la reton de sklavo-komercistoj. Kun la informoj, kiujn ili kolektis, ili preparis sin por montri pli grandan intereson en la komerco, esperante ke tio allogos la atenton de la ĉefaj komercistoj.

"Ni devas esti atentemaj, Raj. Ĉi tio estas danĝera ludo," diris Ali, dum ili planis sian sekvan paŝon en malgranda, izolita angulo de la kafejo.

"Mi scias, Ali, sed ĉi tiu eble estas nia sola ŝanco malkovri iliajn planojn de interne," respondis Raj, plena de determino.

Per siaj antaŭaj agadoj kaj Ali kiel sia gvidilo, Raj sukcesis esti prezentita al pli altaj rangoj de la sklavo-komercistoj. Tamen, lia subita apero vekis suspektojn ĉe kelkaj komercistoj, kiuj esprimis siajn dubojn pri lia vera identeco.

Dum semajnoj, Raj laboris neĉese por konstrui sian reputacion kiel fidinda kaj saĝa komercisto. Li ofte partoprenis diskutojn, ofertis konsilojn, kaj montris profundan komprenon pri la komerco, malrapide gajnante la fidon de la komercistoj.

La vera testo de lia enfiltriĝo venis, kiam li estis invitita al granda aŭkcio de sklavoj. La evento estis plena de internaciaj komercistoj, kaj la aero estis peza kun la atendo de grandaj negocoj.

Raj uzis ĉi tiun ŝancon por sekrete registri la nomojn kaj detalojn de la ĉeestantoj, memorante ĉiun vizaĝon kaj konversacion, kiun li povis. Lia ĉefa celo estis kompili informojn, kiuj poste povus esti uzataj por malkonstrui la reton de sklavo-komercistoj.

Post la aŭkcio, Raj decidis riski proksimiĝon al la sklavoŝipoj denove. Kun la scioj kaj spertoj, kiujn li akiris, li sukcesis fari detalan mapon de la velŝipoj kaj iliaj ŝarĝaj kapabloj, inkluzive de sekuraj enirejoj kaj eblaj malfortaj punktoj.

Dum lia enfiltriĝo, Raj kaj Ali ofte renkontiĝis sekrete por dividi informojn kaj plani siajn sekvajn paŝojn. Unu nokton, dum ili sidis en la ombroj de malgranda ĝardeno, Raj diris, "Ni kolektis multe da valoraj informoj, Ali. Sed mi timas, ke ni baldaŭ povos esti malkovritaj."

Ali rigardis lin serioze kaj respondis, "Ni ĉiuj riskas niajn vivojn por ĉi tiu afero, Raj. Sed sciu, ke via kuraĝo povas vere fari ŝanĝon. Ni devas nur esti pli prudentaj ol iam ajn."

Ilia alianco, kvankam plena je danĝeroj kaj maltrankvilo, fariĝis ilia plej granda forto. Kun ĉiu informo, kiun ili malkovris, kaj ĉiu risko, kiun ili prenis, ili paŝis pli proksimen al sia celo: malkonstrui la sklavan komercon, kiu turmentis Zanzibaron kaj minacis senkulpajn vivojn. Sed la vojo antaŭ ili estis plena je defioj, kaj nur tempo montrus ĉu iliaj klopodoj portus frukton.

1. Aŭkcio - Auction
2. Ĉeestantoj - Attendees
3. Danĝera - Dangerous
4. Determino - Determination

5. Enfiltriĝo - Infiltration
6. Fidinda - Trustworthy
7. Gvidilo - Guide
8. Identeco - Identity
9. Internaciaj - International
10. Kolektis - Collected
11. Maltrankvilo - Anxiety
12. Malkonstrui - Dismantle
13. Negocoj - Deals
14. Prudentaj - Cautious
15. Reputacion - Reputation

La Sekreta Mesaĝo

La suno subiris super Zanzibaro, kaj la ombroj de la vespero kovris la urbon per mistera velo. En sia malgranda ĉambro en la gastejo, Raj malfermis sekretan mesaĝon de sia brita kontakto. La enhavo de la mesaĝo sendis ondon de ekscito kaj timo tra lia koro: li ricevis instrukciojn por saboti la venontan sklavan veladon.

"Ali, venu rapide," Raj flustris en la malhela strato, sub la kovro de nokto. Kiam Ali alvenis, Raj dividis la enhavon de la mesaĝo kun li.

"Ni devas agi rapide kaj singarde. La plano povas haltigi la sklavan transporton, sed ĝi estas danĝera," Raj diris, liaj okuloj brilantaj per determino.

Post longa diskuto, ili decidis, ke la plej bona maniero aliri la velŝipojn sen esti rimarkitaj estus uzi fajron kiel distraĵon. "Se ni povas krei sufiĉe da kaoso, ni povos enŝipiĝi sekrete kaj saboti la ŝipon," Ali sugestis.

La sekvan nokton, ili preparis siajn ilojn kaj moviĝis direkte al la haveno. La sekureco estis pliigita, kun gardistoj patrolantaj ĉiun angulon. La risko de esti kaptitaj neniam estis pli alta.

Raj kaj Ali kaŝe alproksimiĝis al la rando de la haveno, kie ili povis vidi la velŝipojn ankritajn en la malhela akvo. Raj tenis la faklojn, kiujn ili preparis por la fajro, lia mano tremanta pro adrenalino.

"Ĉu vi estas preta?" Ali demandis, rigardante Raj-on kun serioza esprimo.

"Jes, ni faru ĉi tion," respondis Raj, kaj ili ambaŭ moviĝis en pozicion.

Kun preciza movo, ili lanĉis la faklojn al antaŭdifinitaj lokoj, kaj baldaŭ, fajro ekbrulis, kaptante la atenton de la gardistoj. Kiel planite, la kaoso kaj konfuzo permesis al Raj kaj Ali enŝipiĝi sekrete sur unu el la plej grandaj sklavoŝipoj.

Rapide kaj silente kiel ombroj, ili sabotis la navigilojn kaj komunikajn ekipaĵojn de la ŝipo, malebligante ĝian forvelon. Sed dum ili preparis sin por eskapi, ili aŭdis paŝojn rapide alproksimiĝantajn sur la ferdeko supre.

"Rapide, ni devas trovi alian elirejon," Ali flustris, kaj ili moviĝis tra la mallumo de la ŝipo, serĉante vojon eliri.

Kun ĉiu momento, la risko esti kaptitaj kreskis, sed la kaoso kaŭzita de la fajro provizis al ili la kovron, kiun ili bezonis. Fine, ili trovis malgrandan elirejon kaj sukcesis eskapi en la nokton, lasante la ŝipon kaj ĝiajn konfuzitajn skipojn malantaŭe.

Dum ili rapidis reen al la sekureco de sia kaŝejo, la adrenalino malrapide malpliiĝis, anstataŭita de sento de atingo. Ili sciis, ke ilia ago povus signife malhelpi la sklavan transporton, almenaŭ por tiu nokto.

"Sed ĉi tio estas nur la komenco," Raj diris al Ali, dum ili rigardis la fajron en la distanco. "Ni devas daŭrigi nian batalon."

Ali kapjesis, la flamoj reflektiĝante en liaj okuloj. "Kune, ni povos fari ŝanĝon."

Kaj kun tiu decido, ili preparis sin por la sekva fazo de sia misio, pli decidĝitaj ol iam ajn haltigi la sklavan komercon en Zanzibaro.

1. ankri - anchor
2. brili - shine
3. distrilo - distraction
4. ekbruli - ignite

5. ekscito - excitement
6. enŝipiĝi - embark
7. faklo - torch
8. flustri - whisper
9. gastejo - inn
10. kaŝejo - hideout
11. kovri - cover
12. malpliiĝi - decrease
13. navigilo - navigational instrument
14. patroli - patrol
15. saboti - sabotage

Malkovro kaj Pereo

Post la sukcesa sabotado de la sklavoŝipa velado, la tuta komercista komunumo de Zanzibaro estis en alarmo. La sklavo-komercistoj ne povis kompreni, kiel tia detala plano povis esti efektivigita kontraŭ ili sen interna helpo. Suspektoj kaj akuzoj komencis flugi, kaj baldaŭ enketo estis starigita por trovi la kulpulon. Raj kaj Ali, sciante, ke la muroj de sekureco nun estis pli altaj ol iam ajn, sentis la kreskantan danĝeron ĉirkaŭi ilin. Ili renkontiĝis sekrete en malnova fiŝkaptista kabano por diskuti siajn venontajn movojn.

"Ni devas agi rapide, Ali. La enketo baldaŭ kondukos ilin al ni," Raj diris, lia voĉo malalta kaj urĝa.

"Jes, mi konsentas. Ni bezonas pli da informoj por fini ĉi tion unufoje por ĉiam," Ali respondis, preta por la risko.

Ilia plano estis aŭdaca: eniri la ĉefan magazenon de la sklavo-komercistoj por kolekti finajn pruvojn pri la venontaj veladoj. La informoj, kiujn ili povus malkovri, eble estus decida frapo al la tuta sklava komerco en la regiono.

Sub la kovro de nokto, ili direktiĝis al la magazeno. La sekureco estis strikta, sed ili sukcesis trovi malgrandan enirejon tra malantaŭa pordo, kiun Ali konis.

Dum ili serĉis tra la dokumentoj kaj registroj, subite bruo eksonis ekstere. Raj kaj Ali haltis, iliaj koroj batantaj rapide. Antaŭ ol ili povis reagi, la pordo malfermiĝis, kaj grupo de sklavo-komercistoj eniris, surprizitaj trovi la du virojn.

Senprokraste, Raj kaj Ali forkuris, provante eviti kaptiĝon. Intensa persekuto komenciĝis tra la mallumaj kaj mallarĝaj stratoj de Zanzibaro, kun la sklavo-komercistoj proksime malantaŭe.

Komprenante, ke ili ne povus ambaŭ eskapi se ili restus kune, Raj kaj Ali decidis dividiĝi, esperante konfuzi siajn persekutantojn.

"Kuru, Raj! Mi trovos mian vojon poste," Ali vokis, direktante sin al alia direkto.

Raj, kvankam hezitante lasi sian amikon, sciis, ke tio povus esti ilia sola ŝanco. Li rapidis tra la stratoj, turniĝante kaj zigzagante por perdi siajn persekutantojn.

Malantaŭe, Ali estis malpli bonŝanca. Post kelkaj minutoj de intensa kuro, li estis kaptita de la komercistoj, kiuj rapide ĉirkaŭis lin. La lasta, kion Raj vidis antaŭ ol eskapi en la nokton, estis Ali, tenata de la sklavo-komercistoj.

Raj sukcesis eskapi kun la valoraj informoj, sed la kosto estis alta. Li perdis ne nur sian proksiman amikon sed ankaŭ la sekurecon, kiun ili ambaŭ havis. Nun, kun Ali en la manoj de la sklavo-komercistoj, la situacio fariĝis eĉ pli malhela.

Sed malgraŭ la perdo kaj danĝero, Raj sciis, ke li ne povas ĉesi nun. Kun la informoj en liaj manoj, li havis la ŝancon fari signifan ŝanĝon. Li devas trovi vojon por savi Alin kaj fini la sklavan komercon en Zanzibaro, kostu kion ĝi kostos.

1. aŭdaca - daring
2. ĉirkaŭi - surround
3. decida - decisive
4. eketado - investigation
5. enketo - inquiry
6. eskapi - escape
7. fiŝkaptista - fishing (attributive form)
8. forkuri - to run away
9. intensa - intense

10. kompreni - understand
11. konsenti - agree
12. malantaŭa - rear
13. persekuto - pursuit
14. pruvo - evidence
15. riski - risk

La Lasta Plano

Post la kapto de Ali, Raj sentis grandan urĝecon ne nur por savi sian amikon sed ankaŭ por fini sian mision kontraŭ la sklava komerco. La mateno post la intensa nokto, li kontaktis sian britan supervizoron per sekreta mesaĝo, esprimante la bezonon de tujaj agoj.

"Ni ne povas atendi pli longe. Mi bezonas vian helpon por organizi atakon kontraŭ la sklavo-ŝipoj. Ali estas kaptita, kaj ni havas ŝancon fini ĉi tion nun," Raj skribis, esperante ke lia peto estos aŭdita.

La respondo venis pli rapide ol atendite. La brita konsulejo komprenis la gravecon de la situacio kaj konsentis helpi. Ili planis aŭdacan noktan atakon kontraŭ la sklavo-ŝipoj, celante liberigi la sklavojn kaj aresti la komercistojn.

Sub la kovro de mallumo, Raj gvidis grupon de britaj maristoj al la haveno. Ilia celo estis klara: subfosi la sklavan komercon kaj savi la senkulpajn vivojn enfermitajn en la ŝipoj.

"Ĉiu scias sian rolon. Ni devas agi rapide kaj silente por eviti antaŭan alarmadon," Raj instruis la teamon, dum ili alproksimiĝis al la haveno.

La operacio komenciĝis senprokraste. Dum parto de la teamo enfokusigis la atenton de la gardistoj, alia parto rapide moviĝis por liberigi la sklavojn enfermitajn en la ŝipoj.

Subite, intensa batalo eksplodis sur la haveno. La britaj maristoj kaj sklavo-komercistoj konfrontiĝis en furioza konflikto. Malgraŭ la danĝero, Raj restis enfokusigita sur sia ĉefa celo: trovi kaj liberigi Alin.

Dum la batalo daŭris, Raj kuris tra la kaoso, serĉante la ŝipon, kie li kredis, ke Ali estis detenita. Post kelkaj momentoj de senespera serĉado, li finfine trovis la ĝustan ŝipon.

Ali estis enfermita en la suba parto de la ŝipo, malproksime de la batalo. Kiam Raj malfermis la pordon de la ĉelo, la vizaĝo de Ali lumis pro surprizo kaj ĝojo.

"Raj! Kiel vi...?" Ali komencis demandi, sed Raj interrompis lin.

"Ne estas tempo por klarigoj. Ni devas foriri de ĉi tie nun," li diris, helpante Alin stariĝi.

Kun Ali sekure ĉe li, Raj gvidis la vojon reen al la surfaco. La batalo ĉe la haveno estis atinganta sian kulminon, sed kun la helpo de la britaj maristoj, la sklavo-komercistoj finfine kapitulacis.

La sklavoj estis liberigitaj de siaj ĉenoj, kaj la komercistoj estis arestitaj, markante la finon de unu el la plej malhelaj ĉapitroj de Zanzibaro. La misio estis riska kaj danĝera, sed finfine, ĝi ŝajnis esti sukcesa.

Dum la suno leviĝis super la haveno, Raj kaj Ali staris kune, rigardante la novan tagiĝon. Ili sciis, ke la batalo kontraŭ la sklava komerco ne finiĝis, sed ĉi tiu venko estis decida paŝo direkte al pli justa mondo.

"Ni faris ĝin, Ali. Ni finfine faris ĝin," Raj diris, sentante miksaĵon de laceco kaj triumfo.

Ali kapjesis, rigardante la liberigitajn sklavojn kun nova espero en siaj okuloj. "Jes, ni faris. Sed la vojo antaŭen estas ankoraŭ longa. Ni devas daŭrigi nian laboron."

Kaj kun tiu decido, Raj kaj Ali preparis sin por la venontaj defioj, pretaj alfronti kion ajn la estonteco alportos, kune.

1. alarmo - alarm
2. atak - attack
3. aŭdaca - bold
4. ĉapitro - chapter
5. ĉelo - cell

6. enfokusigi - to focus
7. estonteco - future
8. ĝojo - joy
9. haveno - harbor
10. intensega - very intense
11. kapitulaci - to surrender
12. komercisto - trader
13. liberigi - to free
14. maristo - sailor
15. senkulpaj - innocent

Klimakso kaj Konkludo

La batalo ĉe la haveno de Zanzibaro atingis sian kulminon, kiam Raj vizaĝ-al-vizaĝe renkontiĝis kun la ĉefa sklavo-komercisto, la viro respondeca pri multaj el la suferoj, kiujn Raj kaj Ali tiel fervore laboris por fini.

"Vi finfine estas kaptita," Raj diris, starante firme antaŭ la komercisto.

La komercisto, ŝokita vidi Rajon tiel decidita, provis turniĝi kaj eskapi, sed Raj estis pli rapida. Li kaptis lin per firma preno, ne permesante al li eviti justecon.

"Kion vi volas de mi?" la komercisto demandis, timon en siaj okuloj.

"Mi volas, ke la sklava komerco ĉi tie finiĝu," Raj respondis. "Kaj mi scias pri viaj planoj transporti pli da sklavoj al Arabio."

Kun tiu malkaŝo, la komercisto komprenis, ke liaj planoj estis ruinigitaj. Raj uzis la akiritan informon por certigi, ke la brita mararmeo estis survoje, preta subteni la operacion kaj malhelpi iujn ajn pliajn sklavajn transportojn.

Kiam la brita mararmeo alvenis, la operacio rapide finiĝis. La aresto de la sklavo-komercistoj signifis gravan baton al la sklava komerco en la regiono, markante signifan turnopunkton en la batalo kontraŭ la sklava komerco tra la Hinda Oceano.

Post la operacio, Raj kaj Ali estis invititaj al la brita konsulejo, kie ili estis honoritaj pro siaj heroaj agoj. La brita konsulo mem dankis ilin, rekonante la kuraĝon kaj persistemon, kiujn ili montris dum sia misio.

"Viaj agoj havis profundan efikon sur la batalo kontraŭ la sklava komerco. Vi helpis savi multajn vivojn kaj kontribuis al nia kompreno pri la operacioj ĉi tie," la konsulo diris, prezentante al ili honorajn medalojn.

La informoj, kiujn Raj kaj Ali malkovris, efektive helpis la britojn plibonigi sian strategion kontraŭ la sklava komerco, donante novan esperon al centoj da homoj, kiuj estis devigitaj vivi en sklaveco.

La rakonto finiĝis kun Raj rigardanta la maron, la suno malrapide subirante sur la horizonton. Li pensis pri la longa vojaĝo, kiun li kaj Ali entreprenis, la defiojn, kiujn ili alfrontis, kaj la ŝanĝojn, kiujn ili helpis efektivigi.

"Ni faris diferencon, Ali," Raj diris, sentante miksaĵon de kontento kaj melankolio. "Sed la batalo ankoraŭ ne finiĝis. Estas pli, kion ni povas fari por helpi tiujn, kiuj ankoraŭ suferas."

Ali staris apud li, rigardante la saman horizonton. "Kune, ni daŭrigos nian laboron. Ni promesis batali por justeco, kaj ni ne haltos nun."

Kaj tiel, kun la espero por pli justa estonteco brilanta en iliaj koroj, Raj kaj Ali preparis sin por la venontaj defioj, pretaj alfronti kion ajn la estonteco alportos, kune.

1. aresti - to arrest
2. batalo - battle
3. decidita - determined
4. efiko - effect
5. espero - hope
6. honoraj - honorary
7. justeco - justice
8. konsulo - consul

9. kuraĝo - courage
10. mararmeo - navy
11. persisto - persistence
12. premi - to press, to grip
13. ruinigi - to ruin
14. turnopunkto - turning point
15. vizaĝ-al-vizaĝe - face to face

More Esperanto readers

https://www.briansmith.de/esperanto.php